The king of the glacier

冰川之主

通天塔

海默 著

中国文联出版社
http://www.clapnet.cn

图书在版编目（CIP）数据

冰川之王．通天塔／海默著．－－北京：中国文联
出版社，2018.10
ISBN 978-7-5190-3878-6

Ⅰ．①冰…　Ⅱ．①海…　Ⅲ．①长篇小说－中国－当代
Ⅳ．①I247.5

中国版本图书馆 CIP 数据核字（2018）第 221231 号

冰川之王——通天塔

作　者：海　默	
出 版 人：朱　庆	
终 审 人：朱彦玲	复 审 人：周劲松
责任编辑：李成伟　张凯默	责任校对：傅泉泽
封面设计：杰瑞设计	责任印制：陈　晨

出版发行　中国文联出版社

地　　址：北京市朝阳区农展馆南里 10 号，100125

电　　话：010-85923060（咨询）85923000（编务）85923020（邮购）

传　　真：010-85923000（总编室），010-85923020（发行部）

网　　址：http://www.clapnet.cn　　　　http://www.claplus.cn

E－mail：clap@clapnet.cn　　　　　　panshijing@clapnet.cn

印　　刷：北京虎彩文化传播有限公司

装　　订：北京虎彩文化传播有限公司

法律顾问：北京市德鸿律师事务所王振勇律师

本书如有破损、缺页、装订错误，请与本社联系调换

开　　本：880×1230	1/32
字　　数：150 千字	印张：10.25
版　　次：2018 年 10 月第 1 版	印次：2018 年 10 月第 1 次印刷
书　　号：ISBN 978-7-5190-3878-6	
定　　价：38.80 元	

序

极地新纪 638 年。

鲸大陆终于打破长达百年的诅咒，重新出现了太阳。

这一切都要归功于五个预言中的孩子，大白鲸皮皮、海豹希尔、企鹅安妮、海龟凯南还有北极熊努努。他们历经千辛万苦，从鲸大陆最北端的极地国，到达鲸大陆的中心——最强大的兽国，奋力解救了被邪恶的黑巫师所控制的兽国国王泰恩。

就在他们准备永远封印黑巫师，让黑暗势力永远消失在鲸大陆的紧要关头，黑巫师在凯南耳边悄悄说了几句话，这短短几句话却改变了鲸大陆的历史，不但让黑巫师逃出生天，还掳走了企鹅安妮。

黑巫师逃遁之后，剩下的四个预言中的孩子，再次踏上征程。他们不但是为了拯救鲸大陆，更是为了解救自己最好的伙伴。在这场旅途中，他们不仅要面临酷热的沙漠、幽深的海洋这些外在考验，还有来自小组内部的危机——内心敏感却又心事满怀的海龟凯南。

目 录

第 一 章　沙漠危机　　　　　001

第 二 章　边陲小镇　　　　　016

第 三 章　锦袍老人　　　　　031

第 四 章　神棍祭祀　　　　　047

第 五 章　沙漠之火　　　　　061

第 六 章　东海秘闻　　　　　075

第 七 章　通天之塔　　　　　091

第 八 章　龙神再现　　　　　104

第 九 章　身世之谜　　　　　116

第 十 章　东海龙宫　　　　　134

🙢 第一章 🙠

〜 沙漠危机 〜

极地大陆的中心地带，是一片巨大的沙漠。那里常年高温，整个沙漠就像是一个巨大的火炉一样，酷热难耐。沙漠里面几乎没有什么植物，更没有水，漫天的沙子叠成一座座沙丘，似乎一直漫延到天边。如果有不认识路的人走进去，那他一定会在沙漠里迷路，然后在饱受酷热和饥渴的煎熬中慢慢消失。

就在太阳最热的那天，德鲁斯沙漠里面最高的沙丘上，缓缓出现了几个人影。他们看起来很疲惫，衣服也破旧不堪。走在最前面的男孩头上戴着一顶草帽，脸上也用纱布挡着，只露着一双小眼睛，他就是白鲸皮皮。他身后跟着三个伙伴，站在最前面干净利落却气势汹汹的是海豹希尔。旁边身材魁梧、憨态可掬的是北极熊努努。走在最后，看上去没有什么特点的就是海龟凯南。

"好热啊，我就像被丢进铁锅里面翻炒一样，都快熟了。"站在最前面的正是皮皮，他们为了寻找安妮，一路追到了极地大陆的中心——德鲁斯沙漠。而此时，身后的三个小伙伴听到皮皮说话，都赶紧抓紧了身边的东西，眼神中透露出些许不满的情绪。

"你干什么？"干练的海豹希尔瞪着皮皮说。

"咕——咕——"皮皮的肚子又在叫了，"好饿啊，我好想吃点东西。不如咱们再试试吧！"皮皮有些不好意思地说。

"别闹了，皮皮，都是你非要做饭，把地图烧了，我们这才迷了路。"憨态可掬的北极熊努努赶紧把自己的口袋捂住，生怕皮皮再破坏任何东西。

海豹希尔瞪着皮皮却没有说话，因为他们已经在沙漠里没头没脑地走了三天了，连口水都没有喝，又累又饿，早已经没有力气。不仅如此，安妮被黑巫师抓走三个月，到现在仍旧音信全无，找不到解救安妮的线索，大家都十分担心。

"也不能全怪我，谁知道凯南的火焰竟然这么强。一个水系海龟，竟然最厉害的是火焰魔法。"皮皮知道自己理亏，但还是嘀咕了一句。

"我还剩点儿干粮，吃我的吧！"凯南有些歉疚。虽然烧了地图并不是他的错，但自从由于自己的分心而导致伙伴安妮被抓走之后，凯南就感觉像是欠了大伙的。

"太好了！是梅子！要是从兽国首都乌达儿城带来的栗子没有吃完的话就好了。这两样东西一块儿吃有不一样的味道！"皮皮看到有吃的兴奋极了。他一边把手中的食物分给大家一边兴奋地说着。

努努拿着食物，张了张嘴，却又放下了。

"不知道安妮吃了没有？"努努略带伤感地说。

"走！不吃了。"希尔立刻放下手中的食物，准备出发继续寻找安妮。希尔是一个有些高傲的海豹，非常富有责任感，一直把照顾好伙伴当成自己的使命。

"等会儿，等会儿。我还没吃完呢！咳咳咳。"皮皮一边往嘴里塞食物，一边略显笨重地站起来。没想到却不小心被噎住了。

"要不等会儿皮皮吧，也不差吃口饭的工夫。"凯南看皮皮被噎住的样子十分同情。

"够了！还有你！不差这点儿工夫？三个月前，就是因为你慢了一眨眼的工夫才让黑巫师跑了！安妮被抓了！现在在哪儿都不知道！"希尔愤怒地冲凯南吼着。这些天希尔已经憋了一肚子火，就像一个炸药桶，一点儿火星就会点燃他的愤怒。

　　凯南沉默了。安妮被黑巫师抓走，确实是由于凯南的失误。虽然从没有人说什么，但是凯南已经在自己心中自责了无数次。今天希尔终于当众说了出来，凯南心里一阵难过，却猛地轻松了许多，背负许多天自责的包袱好像暂时放了下来。

　　凯南仿佛又回到了小时候。别的孩子依偎在父母的怀抱里撒娇，只有自己孤孤单单一个人，没有朋友，没有父母。无依无靠的孤独感，从小就在凯南心里留下了很深的阴影。他一直以为自己从小就没有父母，没有朋友，所以对皮皮这几个小伙伴格外珍惜。没想到黑巫师在将要被封印的时候，却说了这么一句话。

　　"没有人爱你，小海龟，这儿不是你的家。你的父母也不要你了，真是个可怜的小孩！哈哈，咳咳……"

　　凯南当时听到这句话的时候惊呆了，凯南停下了手中正在释放的封印。凯南好想问清楚自己的父母是谁？自己的父母究竟在哪儿？问清楚这些再封印黑巫师也不迟啊。毕竟这个关于自己身世的疑惑已经困扰凯南十几年了。可就在凯南一晃神的工夫，黑巫师就趁机逃走了，还掳走了小伙伴安妮。五个孩子中没有魔力，没有一丝反抗能力的安妮！

　　每次想到这里凯南心中就无比难过，自己的苦衷无人可以倾诉，心中的孤独也没人可以理解。突然，身体传来些许寒意，凯南猛地清醒了。凯南发现，最近只要自己陷入思考就会像睡着了一样，对外界的时间和事物都毫无察觉。凯南发现自己已经这样浑浑噩噩地过去了一整天。

此时，已经是深夜。大家已经在一片小绿洲中间，中间生着一堆篝火，皮皮和努努东倒西歪地躺在火堆旁睡觉。希尔倚靠在一棵枯树边，虽然眼睛闭着，但仍旧保持着戒备的姿态。

一阵风吹过，夜晚沙漠的风中透着丝丝凉意，似乎还有着海边独有的咸腥气息。像是又回到了海边，那是凯南长大的地方，也是凯南被萨鲁老师带走的地方。凯南还以为自己又陷入了回忆过去的错觉，但是这种腥味却越来越重，已经不再是海边的味道，倒像是一种臭味了。

"到底是哪里的味道？"凯南起身，循着腥臭气味的来源，一路寻找到旁边的灌木丛中。

"呼——呼——"努努的呼噜声轰轰作响，皮皮翻身的时候一只脚伸到了希尔脸上。警觉的希尔立刻醒来，看见皮皮的脚在自己脸上不断地蹭着，希尔被恶心得睡意全无。希尔爬起来四周巡视了一圈，发现凯南不见了，远处的灌木丛在哗哗地响，空气中咸腥的气味也越来越重。

"我的天！又是凯南。"希尔赶紧捂住了鼻子。

"要上厕所，走远点，臭死了。"希尔以为凯南正在上厕所，才导致空气中弥漫着恶臭。希尔无奈地看着呼呼大睡还在不停翻动的皮皮和远处不断飘来怪味的灌木丛。希尔被恶心得再也睡不着了，他跑到远处的沙丘上，一是为了躲避臭味，二是为了观察夜空。

沙漠上的天空非常清澈，到了晚上仍旧十分明亮。希尔抬头看着天空却眉头紧锁。

"还是没有出现。"希尔失望地看着天空。安妮被抓走了三个月，月亮就消失了三个月。原本应该是星辰璀璨的夜空，每天都是昏昏暗暗，没有丝毫光亮。兽国曾经有一个古老相传的预言："月隐星沉，异变降临。"已经三个月了，月亮消失和安妮被抓走是同一天，安妮会不会跟月亮有什么联系？希尔总觉得安妮不会普通，虽然安妮没有魔力，但是她异于常人的聪慧，以及能够读懂人心思的特殊能力绝对不常见。安妮究竟特殊在哪儿呢？到底跟月亮有没有联系呢？希尔想不出来。

希尔抬头看着天，东方已经发白，天似乎就要亮了。此时臭味越发浓烈，已经到了不可忍受的地步。希尔回头看，凯南仍旧没有回来。

"凯南？你拉完了么？"希尔喊了好几遍，却始终没有人回答他。希尔感觉到有些不对劲，幽深的灌木丛在夜色的衬托下，似乎像是一个可以吞噬人的野兽。希尔警觉起来，决定前去察看一番。希尔一边向森林里面走着，一边捡着地上散落的树枝当作武器防身。希尔刚捡起一根树枝，猛然看见地上有一个脚印，圆圆的脚掌，三只尖利的指甲。

"这是凯南的脚印。可是为什么只有一个方向的？凯南一直没有回来？"希尔此时已经高度戒备。风轻轻吹过灌木丛的动静都在希尔的视线之中。

"东风？西风？同一片灌木丛的树枝怎么向两个方向摆动？"灌木丛中的异动引起了希尔的注意。凭借敏锐的观察力和实战经验，希尔迅速做出判断，不是风，灌木丛里有埋伏！人数应该不少，而且正在朝着绿洲中心缓慢移动。

"糟了！要被包围了！"虽然还不知道敌人是谁，但是一定要赶紧回去，让皮皮和努努早做戒备。不知道敌人多少，不知道凯南踪迹，最要命的是皮皮和努努两人还在熟睡。希尔来不及再去寻找凯南的踪迹了，只能先回去通知皮皮和努努，一起打败敌人，再去寻找凯南。希尔这样想着脚下不停，迅速朝着绿洲奔去。

希尔一阵狂奔，腥臭气息越发浓重。这气味应该是敌人散发出来的，不知有没有毒。希尔对皮皮和努努担心极了。

"呼——哈——呼——"皮皮和努努还在打着呼噜。看到皮皮和努努平安无事，希尔才停下来，喘了口粗气。

希尔觉得眼前的两人既可气又好笑，大敌临前竟然还睡得这么香。希尔毫不犹豫地踹出一脚，想要把皮皮踢醒。谁知道希尔的脚刚伸出去，就被皮皮一把抱住了。

"好吃，鸡腿。香！"皮皮一边抱着希尔的脚还一边流着口水。

希尔眼见四周灌木丛里面的动静越来越大，皮皮和努努却还睡得香甜。希尔气急，顺势一脚把皮皮踹飞，连带着努努也惊醒过来。

"干吗呀？天还没亮呢。"皮皮眼睛都没有睁开，嘟囔了一句。

"快清醒！我们被人包围了！"希尔恼怒地喊了出来。

"唉，不就是被包围了么。我再睡会儿……"皮皮说着又躺了下来。睡眼惺忪的皮皮还没有说完，嗖的一声响起。皮皮被吊到了树上，旁边的努努被吓了一跳，一下子清醒了过来。

"皮皮，小心！"

"嗖！嗖！嗖！"希尔的话音还没有落，三声利器划空之音从草丛中急速响起，朝着皮皮射了过来。

"土盾！冰墙！"清醒过来的努努连着释放两道防御魔法冲上去帮皮皮抵挡暗器。努努是五人小组中的肉盾，他本身就是皮糙肉厚的北极熊，而且更加神奇的是他竟然同时会两种类别的魔法。都是偏向防御为主的，一种是吸取大地元素的土系魔法，另一种是具有治愈和防护作用的水系魔法。每当危险到来的时候，努努总是第一个冲到前面保护大家，这次也不例外。

努努飞身朝着皮皮冲了过去，身上泛着黄蓝两种颜色的光芒。

"嘭"的一声响，皮皮从树上掉下来，还把地上微弱的篝火堆压灭了。四周陷入了黑暗，皮皮三人这才发现周围竟然满是一双双泛着绿光的眼睛。

"泡泡护盾！"被踢到一旁的皮皮终于搞清楚了状况，迅速给自己套上一个泡泡护盾。但是，他只吐出一个极其微弱的小泡泡，还没有笼罩住自己就破碎了。

"怎么回事？努努，土盾。"希尔以为皮皮的魔法出现了失误，赶紧提醒努努做好防御。免得敌人暴起冲过来。

"努努？"希尔一边警戒一边喊努努，却半天没有得到回应。

皮皮转头发现努努已经瘫坐在地上，胸前衣服破碎，胸口血迹斑斑。

"怎么会这样？努努你怎么了？"皮皮对眼前的一幕难以置信。努努是他们五个中防御最强的人，另外四个人合力都不可能一击打碎他的护盾。而现在这一群不知来历的人，随手丢出的暗器不仅攻破了努努的护盾，而且还把努努给打伤了。

"敌人，那么强大么？"希尔双手紧握，既紧张又兴奋，死死地盯着四周。

"不，我，我也失去了魔力。刚才根本没有释放出来魔法。"努努有气无力地说。

"你也失去了魔力？是不是感觉体内的魔力被压制住动弹不了？"皮皮有些奇怪，他刚才也有同样的感觉。

"吧嗒。"没等努努回答，一滴水珠滴落在皮皮头上。恶臭味由水滴中瞬间迸发出来，皮皮和努努的身体同时晃动了一下，似乎有些站不稳。

"这是下雨了么？"皮皮摸了摸头上的水滴。

"屏住呼吸，这气味儿有古怪。"希尔一边告诫皮皮，一边捡起地上的树枝猛地朝灌木丛中丢了过去。一道破空声划过，惨叫从灌木丛里传来。包围着他们的绿色眼睛突然暴动了，一个个兽人从灌木丛中跃起，将皮皮三人团团包围，足足有数十个之多。眼前兽人全都身穿黑色衣服，显然不怀好意。虽然看不清真实的样子，但是从他们个别人露出的耳朵、尾巴等特征，不难认出来是兽国的人。

皮皮知道敌人大多是兽国血统，自己虽然暂时失去魔力，但还是站了出来："兽国国王泰恩是我的结义兄弟，大家都是朋友……"

"嘿嘿嘿，你没有一点魔力还敢站出来，真是不怕死啊。"皮皮还没有说完就被打断，皮皮三人都吓了一跳，这个声音并不是从眼前的兽人兵团中发出，而是来自于三人头顶的那棵大树。皮皮吓得赶紧躲到努努身后，而努努直接捂住脸蹲了下来开始瑟瑟发抖。希尔一只脚将地上还未燃尽的树枝踮起，另一只脚将树枝猛地踢上去，随着火把上升，树上的环境被照亮。一个身穿黑袍的人姿势怪异地在三人头顶盯着他们，水珠的来源不是下雨，而是从这个人身上不断滴落的。

希尔眼神一扫，迅速锁定了树上的黑衣人，双手向树上不同方向丢出三把飞刀，角度正好把敌人的退路全部封死。眼见飞到就要命中敌人，皮皮和努努都对希尔的破坏力十分有信心。五个预言中的孩子，希尔是爆发力最强的一个，他虽然没有一丝魔力，但是从小学习功夫，打磨身体，使得希尔浑身上下任何一个部位都可以作为武器攻击敌人。

眼见飞刀就要命中，树上的黑影竟然顺着树干滑落下来，像是没有骨头一般。整个人的身体柔软得像是一摊液体，竟然蠕动到希尔对面兽人军团的正前方。

"竟然还有一个专修体术的，真是低估你们了。"眼前的黑衣人身材比兽人军团矮了不少，漆黑的斗篷下似乎没有眼睛，而且他走过的路面有一层水迹。皮皮在兽国从未见过这样的怪人。

"我是皮皮，兽国国王泰恩的朋友。打败黑巫师的人……"眼前的情形明显对自己十分不利，皮皮仍旧想要套近乎。

"上！一个都别放走。"黑衣人首领没有搭理皮皮冷冷地说。

"那个首领不是兽族人。怎么办？"努努也看出了怪异之处，有些慌乱地询问皮皮。

"我体内的魔力只够施展一次飞行泡泡的，但是敌人有弓箭手。"皮皮冲希尔和努努递了个眼神。对面十几个人的队伍中，有五个是背着弓箭的射手。如果皮皮毫无准备地释放飞行泡泡一定会被眼前的敌人一箭射穿。

"交给我了！"希尔说完，他的身体开始不断地颤抖，眼珠开始变红。这是希尔进入狂暴状态的征兆。专修体术的海豹希尔，虽然没有魔力，但是有一项能够让自己疯狂的绝技。让自己进入一种狂暴状态，从而迅速提高自己的力量，代价就是用过一次之后身体会受极大损伤，一周之内再也动弹不得。

兽国的黑衣军团狂叫着冲了过来。希尔睁开眼睛，挥舞铁拳，将最前面的几个兽人尽数打倒。希尔发现这些兽国的黑衣人攻击力并不强，只是比普通人稍微强一点。希尔没有停留，径直冲向人群中的弓箭手。

希尔的铁拳不断发出破风声，将兽人们一个个击倒。但是眼前的敌人却像是打不死一样，受到重创的兽人稍作歇息立刻又会重新加入战局。努努发现臭气越来越浓，这才发现黑衣人首领正在不断地拿出散发臭味的液体。这些液体竟然可以把受伤的兽人瞬间治愈。这注定是一场赢不了的战斗。

此时，皮皮正在专心恢复魔力，平时瞬间就能释放的技能，在恶臭液体的压制下，竟然需要这么长的准备时间。

"希尔，打倒那个首领！"努努大喊。希尔也注意到了首领的古怪。但是此时的希尔已经明显感觉出自己的狂暴状态将要过去，身体的不适感正在慢慢传来，手脚开始麻木。

希尔看到五个弓箭手的武器都已经被打碎，皮皮似乎还没有准备好，希尔只能拼命一搏，否则大家一个也逃不出去。希尔强忍着身体的疼痛，突然暴起一拳把黑衣首领击飞，正常人受到希尔狂暴状态下的一击肯定站都站不起来了。但是黑衣首领像是没事儿一样，迅速爬起来，躲在人群最后。希尔想要再打却再也没有力气。

终于，希尔的狂暴状态彻底消失了，无力地倒在地上。兽人军团将三人围了起来，黑衣首领阴笑着："把三个家伙给我绑了！"兽人们一拥而上。希尔看着奔腾而来的兽人，努力地想要再攻击一次，却发现自己连站起来的力气都没有了。兽人们越过希尔跑向努努和皮皮。原本就负伤的努努看着皮皮仍在积蓄魔力。努努坚定地顶在前面。

"想抓皮皮，先过我这关！"努努靠自己庞大的身体把皮皮挡得严严实实。

"真是可怜啊！"黑衣首领奸笑着从人群中走出来。

"你，你到底是谁？"希尔有气无力地询问。

"本大王叫拉威尔。具体的你们不用知道，也没机会知道了。"黑衣首领拉威尔一挥袖袍，兽人军团的刀剑顶在了努努的脖子上。

努努害怕地闭上了眼睛，他在心里不断默念："皮皮，赶快啊。"

"上！"拉威尔狞笑着。努努也轰然倒地。希尔痛苦地闭上了眼睛。

"泡泡，爆！"一连串的爆炸把兽人军团逼退。

努努和希尔惊喜地睁开眼睛，发现自己已经被金黄色的泡泡包裹着缓缓地飞上了天空。而兽人军团正在被一个个小泡泡接连轰炸，伴随着兽人军团们的哀号声和拉威尔的怒骂声，皮皮三人终于逃了出来。

"不好意思，让你们久等啦。我不但积蓄了一个飞行泡泡的魔力，还释放了一串泡泡炸弹。"皮皮得意地跟希尔和努努说，"你们看拉威尔生气的样子，真好笑！"皮皮看见受到惊吓的兽人军团，像是一群无头苍蝇一样兴奋极了。

"我就知道，你，你肯定有办法。"皮皮听到努努有气无力地回答，转过头这才发现，努努和希尔已经精疲力竭。皮皮不再言语，用自己仅存的一点点魔力努力操控着飞行泡泡迅速逃了出去。

炎热的夏季总会让人脾气焦躁，哪怕是平时性格温和的人都会在夏天到来的时候，变得比平常急躁许多。兽国边缘的比斯特山脉跟沙漠接壤，山脚下有一个叫作银月村的宁静村落。这里的月色是整个兽国最充足的地方，传说银月村曾受到星月众神的祝福，月光整夜皎洁明亮，沐浴在月色下的生灵不仅可以平和心态，还能治愈伤势甚至增强魔力。但此时，银月村也已经三个月看不到月亮了。

正对着银月村村口是一个广场，四周布满店铺，是各个国家商人的补给站。往常中午正是人来人往最热闹的时候，但今天大部分商铺都大门紧闭，几乎没有什么人气。广场角落有家破落的小商铺，招牌上写着艾米服饰店。一个戴着头巾的天鹅拿着一个水桶从店铺里匆匆走出，将要关上店门的时候，鹅妈妈艾米犹豫了。

"妈妈，别忘了早点儿回来给我讲故事。"房间里传来一声稚嫩的孩童声。

鹅妈妈艾米满怀不舍地点了点头，然后关上房门匆匆离去。鹅妈妈一出门，就朝着村子另一个方向一路小跑，她似乎错过了一个重要的事情而在赶时间。正在艾米焦急赶路的时候，却被迎面走来的三个人挡住了路。

"不好意思。请问，能给我们点儿水吗？"说话的人就是皮皮，旁边还有受伤的希尔和努努。三人在沙漠中被不知身份的人偷袭，希尔和努努保护着皮皮拼命从敌人的包围中逃了出来。又经过一晚上的逃亡，误打误撞之下竟然又回到了兽国边境。此时到达银月村的他们已经筋疲力尽了。

"啊！"皮皮的话很客气，但鹅妈妈艾米却不知道为什么听到皮皮的话，尖叫一声就跑开了。皮皮三人也被吓了一跳。

"奇怪，怎么整个村子都没有人？好不容易才找到一个，还没说一句话，就跑了。"努努也一头雾水。

"可能是被我们吓到了吧。"皮皮看了看自己脏兮兮的样子，以及壮硕的努努，血迹斑斑的希尔。他们三人的样子确实有可能吓到别人，但是在银月村最让人恐惧的却不是他们三个，而是银月村断水了。

鹅妈妈艾米拎着水桶匆匆赶到村中唯一的一口井边。此时，四周已经围满了人，鹅妈妈一边向人群中挤，一边跟大家道歉。

"对不起，我的孩子病了。好几天没水喝了。"艾米虽然拼了命地想要挤进去，但是却没有人给她让路。

"我们也没水喝。"

"大家都一样。"

"不止你一个人有孩子……"

村民七嘴八舌的话重重打在艾米的心上，艾米不自觉地后退了几步。确实，大家没有义务为自己的迟到买单。

"噢，艾米，来这儿。"村长山羊肖恩把不知所措的艾米叫了过来。

"我这儿还有些水，拿去给孩子喝。"老山羊肖恩是银月村的村长，德高望重。虽然他的嘴唇也早已干裂，但仍旧把自己仅存的一点儿水送给了鹅妈妈艾米。他知道艾米独自抚养孩子的不易。

"谢谢，谢谢村长。我真不知道该怎么感谢你。"艾米激动得有些语无伦次。

"不用感谢，下次记得要早来。水越来越少了。"肖恩跟艾米说这句话的时候，声音压低了许多，显然不想让更多的人知道，以免引起大范围的恐慌。

"村长，我，我在路上见到三个奇怪的人。他们衣服上有血迹，看起来不像好人。而且，他们还跟我要水……"艾米赶紧告诉村长自己迟到的原因。

"什么？奇怪的人？怪不得最近村里的水少得这么厉害！"肖恩听完胡子都翘了起来，不知是因为害怕还是兴奋。

"村长，井里也没水了。"村民四散开来，各个满面愁容地看着村长肖恩。

"大家听着！伟大的国王泰恩已经为我们调查过。这次兽国大范围遭受旱灾，是因为一些外族小偷悄悄潜入兽国，他们拥有奇怪的能力，可以悄悄偷走我们的水源。"肖恩把他不久前从城里听到的消息告诉村民，四周受尽旱灾之苦的村民们气愤极了。

"太可恨了！把我们的水还回来！"

"一定要抓住这些外族人！"

……

"请问，有人能帮忙，给我们弄点儿水喝吗？"皮皮三人找了一圈，终于发现村子里的人都在这里。皮皮怕引起大家的误会，还专门把三个人收拾了一下。

皮皮从没想过自己出现得是那么不合时宜。正赶上村民们对外族人最为敌对的时候，而且大家又是那么群情激愤。皮皮看大家没有反应，仍旧脸上带着笑容。

"我们想要一些水，最好还有些食物。可以吗？"皮皮再次询问了一下。

"就是他们！大家快动手啊！抓到他们就能把水源夺回来！"村长肖恩的胡子又抖了一下，很明显这次是被皮皮气着了。

随着村长一声令下，村民立刻围了上来。他们一个个嘴唇干裂，皮肤枯黄，眼珠布满血丝。皮皮被吓了一跳，他设想过无数可能，最坏的结果也就是讨不到吃的，没想到村民们竟然会如此激愤。希尔想要防御身体早已不听使唤，努努还要扛着希尔也腾不出手来。

"对不起，对不起。我，我只是想讨点儿吃的。大家不愿意的话就算了。我们这就走。"皮皮赶紧道歉。

"听着，大伙儿，这三个外族人承认了！他们偷去了水源，如今还想走！大家说怎么办？"村长肖恩没想到皮皮竟然会这么轻易就认输了，立刻爬到一个小土坡上，对乱哄哄的人群喊着。

"还我们水源。"

"绑起来。"

"送到监狱去！"

群情激愤的银月村村民瞬间被肖恩的话点燃了，他们呼喊着要冲上去将皮皮三人绑起来。

"我的天，皮皮。咱们是不是吃不到东西了？"努努对眼前的突发情况仍旧没有反应过来。

"不但没得吃，可能还要被揍。"希尔也被吵醒。

虽然不知道原因，但是皮皮明白了自己危险的处境。皮皮看了看伤痕累累的希尔，悄声对努努说："我去拖延时间，你趁机积攒魔力。"

皮皮交代完，还没等努努问为什么，就径直走向村长肖恩。肖恩看见皮皮毫无征兆地冲自己过来有些害怕，他急忙从土堆上下来，躲到村民后面。

"大家听着，我就是皮皮。不久前帮助你们赶走过黑巫师，国王泰恩是我的好朋友。我们不是坏人。你们有什么问题，我可以请泰恩帮你们解决！"皮皮大声对周围的人喊道。

"皮皮？他是小英雄皮皮？"

"对啊，听说皮皮也不是兽族人。而是来自遥远的极地国的孩子。"

"他认识国王！我们可以要求国王修一条水渠啊！"

……

村民听完皮皮的话又开始议论纷纷。村长肖恩有些着急了，他知道，这些村民听风就是雨。无论谁的话，他们都会轻易听信。于是，村长肖恩赶紧站了出来，他内心认定了皮皮就是偷走水源的小偷。

"胡说！皮皮他们有五个人，而你们只有三个！大家不要被骗了！"村长肖恩躲在人群中喊了一声。

"对啊，听说皮皮他们是五个人，从来不会分开的。"

"而且他们会很厉害的魔法呀，怎么会像这几个人那么狼狈？"

"肯定是假冒的！"银月村的居民听完村长的话，又沸腾了。

"哈哈，我们当然会魔法！你们应该知道，北极熊努努可是会水系和土系两种魔法。世间仅有，没人可以冒充的。下面就让努努亲自向大家证明一下！"皮皮说完走到努努旁边，帮努努照顾希尔。

努努走上小土坡看着村民狂热的目光，他紧张极了。自从沙漠遇袭之后，一直没有得到补给。再加上努努本是就是一个性格内向的孩子，一直以来都对当众讲话有着深深恐惧。今天这种情景让他想起来魔法考试，每次考试不及格总会被萨鲁老师打手心。

努努紧张得有些发抖，他扫视一圈，目光最后停留在受伤的希尔身上。

"努努！别怕！相信自己！"皮皮在人群中大声给努努加油助威。

努努深吸一口气，尽量让自己平静下来。努努摆好姿势，闭上了眼睛，按照萨鲁老师讲过的魔法课程一步步引导魔法释放。凝聚足够魔力，聚集周围元素，默念魔法咒语……虽然努努释放的是自己早就烂熟于心的魔法。但是自己太过紧张，魔力又几近枯竭，更为关键的是这次魔法释放有可能关乎他们三人的安全问题。努努不允许自己出现一点儿差错，只能小心谨慎地一步步操作。

努努顺利凝聚出足够的魔力，然后闭上眼睛感受身体周围的水系和土系元素，让这些元素聚集。浑厚的土元素从大地中不断涌现，接下来是从空气、水井、河流任何含有水分的地方提取出水元素。

周围的村民看着努努认真的样子也都安静了下来，他们大多数人都没有见过魔法是什么样子，更没见过罕见的双系融合魔法。他们都等待着结果，如果魔法释放成功，皮皮他们就会安然无恙。但是如果稍有偏差，这群村民一定会失去理智，说不定会伤害到他们。

皮皮已经感觉周围土元素正在不断聚集，这是魔法即将释放的先兆，皮皮一脸得意地看着村民。但皮皮却没有注意到努努的额头上已经布满豆子大的汗珠。

奇怪！丝毫没有水元素。这几乎是一件不可能的事情，就算再干旱的沙漠地区的空气中也会有一定的水元素。但是努努在银杏村就是感受不到，找不到水元素更别提释放魔法了。等了许久不见动静，周围的村民已经开始出现骚动。

"怎么回事儿？"周围骚动越来越大，皮皮也感觉到了不对劲。

"出来吧！土盾！"努努一声低喝，人群暂时安静。村民都睁大双眼盯着努努。

"轰隆"，一声低响。土盾还没有成形就已经消失。长时间搜寻水元素，导致努努本身就不多的魔力几近枯竭。只能硬着头皮释放土盾，没想到竟然是这种结果。

"假的！"

"我们被骗了！"

"骗子，打他们！"

……

以为能见识到绚丽魔法的银月村村民们再次沸腾，所有村民都对皮皮三人投以愤怒的目光，只有鹅妈妈艾米对三人抱有一点儿怜悯。因为艾米也有孩子，正像皮皮三人一样，正在饱受折磨，毫无依靠。

愤怒的村民冲过去要将毫无还手之力的皮皮三人绑起

来。皮皮一边架着受伤的希尔，一边招呼努努赶紧逃跑。银月村村民四散追去……

闹腾了许久，皮皮三人像木乃伊一样被村民们五花大绑地带了回来。本来就已经饱受旱灾的村民经过刚才的剧烈运动，体内的水分再次挥发。大家都已经有气无力，倒在地上大口大口地喘着粗气。

此时，村长肖恩正在跟一群人商量，不时对着皮皮三人指指点点。大约过了半个小时，村长肖恩慢慢走到人群中间高声说道："这三个可恶的外族人，不仅偷我们的水源，还冒充小英雄皮皮。幸好，被我们智慧的银月村村民识破。今天大家都累了，先回去休息。据说把释放巫术的人杀死就能破解。三天之后是好日子，请大家再忍三天。三天后，就把他们三人处死！"

村长肖恩说完，大家一致叫好。皮皮三人听到这个消息急忙挣扎，却挣不脱把他们死死捆住的绳索。

没有月色的银月村晚上十分安静，只有村口的一角私语声不断。

"努努，今天到底怎么回事儿？"皮皮三人被关在艾米家旁边的地窖里。

"银月村没有水元素。"努努有些呆呆的，仍旧沉浸在白天的失败中。

"不可能！是不是你搞错了？"皮皮立马反驳。在他们的认识中，世界就是由元素所构成，不可能出现某种元素的缺失。

"会不会跟他们村子的旱灾有关？"希尔也有些好奇，忍着痛龇牙咧嘴地问了一句。

"那也不能一点儿水元素也没有啊。"努努仍旧想不明白。他就是这么执拗，容易钻牛角尖，"德鲁斯沙漠常年干旱的地方都能感知到水元素，更何况银月村……"

"嘘。"希尔听到外面有动静，立刻打断了正在争论的努努和皮皮。

"谁？出来吧。"皮皮和努努立刻停止争辩。当敌人到来的时候，无论内部分歧有多大，都要立刻停止内部矛盾，一致对外。这是萨鲁老师教给他们的生存技能。皮皮和努努都恢复了一点儿魔力，三人一起摆出防御的姿态，防止有敌人冲进来。经过白天的事件，他们三人对银月村村民没有什么好感，随时都提防着。

四周陷入安静，皮皮手中聚集出来一个金色泡泡随时准备投射出去。

"哇！"一个稚嫩的尖叫声从角落里传来。一个全身长着洁白羽毛的小男孩拿着食物从黑暗中走出来。

"你真的会魔法啊。"小男孩走过去把手中的食物放在地上，一脸崇拜地看着皮皮。

"咕噜"，皮皮看到食物肚子不争气地叫了一声。希尔和努努也对眼前这个可爱的男孩放松了警惕。

"我叫小艾，我妈妈就是隔壁开服装店的艾米。我做梦都想学会魔法。"小艾自我介绍着。皮皮和努努一边吃，一边随手丢出几个小魔法。小艾看得兴奋极了。很快几个人就成了好朋友。

"我们村子三个月前月亮消失了，月亮消失没过几天，村子里的水也越来越少了。大家都把你们当成小偷了。"小艾告诉皮皮。

"又跟月亮消失有关？"皮皮陷入沉思。

这两天的事情实在太多，皮皮感觉自己不知道该如何处理。本来安妮的消失就已经让皮皮不知所措，沙漠遭遇不明身份的人偷袭，凯南也不知去往何处。从那天晚上的脚印推断，凯南似乎是自己离开了。皮皮三人也被困在没有水元素的银月村，似乎所有不可思议的事情都在这几天发生。不知道这一系列事情之间有没有什么关联。

"小艾，你跑哪儿去了？"皮皮正在思考的时候，外面传来鹅妈妈艾米着急的叫喊声。

"小艾，你妈妈着急了。你快回去吧。"皮皮听到鹅妈妈的喊声，也想让小艾早点儿回去。可小艾却倚在墙边始终没有回应，皮皮还以为小艾睡着了。走过去一看，才发现小艾晕倒了，额头像火炉一样烫。

皮皮看见小艾晕倒，想起萨鲁老师曾经教过，魔法可以帮人祛除一些简单病症。皮皮只好用自己刚恢复的魔法去帮小艾暂时控制一下病情。就在皮皮帮小艾治疗的时候，鹅妈妈艾米找到了这里。

"快住手！你们不要伤害我的孩子。"艾米没有见过魔法，看见皮皮手中出现的光芒在小艾头上晃来晃去，误以为皮皮要伤害小艾。艾米立刻冲了过去，把皮皮重重地推开。此时皮皮刚消耗了大量能量，虚弱不堪。一头撞在了墙上，眼前似乎冒出许多小星星在不停旋转，这些星星之间却没有月亮。

"妈妈，我没事。"小艾在艾米的怀里慢慢醒来，"他们真的会魔法，还治好了我的病。"小艾开心地对艾米说。艾米伸手在小艾头上摸了摸，这才发现小艾已经退烧了。

"谢谢！谢谢你们！"艾米意识到自己误会了皮皮，还让皮皮三人遭受了这么多苦难十分愧疚。

"没关系，快把我们放出去吧。"皮皮揉了揉刚才撞在墙上的脑袋。没有月亮？刚在撞在墙上的那一下似乎启发了皮皮。这一切怪事的开端都是安妮被抓，月亮消失。先查明这件事情，也许就能解释其他的怪事。

"这些天发生的怪事实在太多了。我们必须去首都乌达儿城，通过那里的星月塔来询问星月国的月亮为什么会消失。"皮皮早就听师父说过，星月国在鲸大陆的各个首都设置了星月塔，通过星月塔可以直接沟通神族。

看着孩子健康的样子，艾米脸上终于露出了笑容。

"我很愿意放你们离开。可是如果被人发现我放走了你们，我怎么跟村长交代啊？"艾米有些为难。

"艾米，你是个好人。既然你这么为难，那么请您现在就发出警报吧。我们当着所有人的面逃走。这样就不会有人怪罪你了。"希尔完全可以明白艾米的难处。提出了一个两全其美的好办法。

"妈妈，不要。他们会跟村里的叔叔伯伯们打起来的。村里的人为了抢水源什么事情都做得出来。"小艾虽然年纪不大，但是心思却很细腻。

"没关系，我们可是会魔法的！皮皮我可是最擅长逃跑的。"皮皮安慰着这个新认识的小朋友。

"而且请你相信我们，村里的水源不久会回来，月光也会回来的。"皮皮坚定地对艾米说。

艾米点点头，她相信能够打败黑巫师的皮皮一定会说到做到。艾米帮皮皮三人打开大门。

皮皮三人和小艾一一告别。艾米看着皮皮三人都进入了飞行泡泡里面，这才敲响了村里的警报。银月村村民都跑了出来，眼睁睁看着皮皮三人慢慢飞向天空，却都无可奈何。

　　就这样，皮皮他们终于从银月村逃走，朝着兽国首都乌达儿城出发。

第三章

锦袍老人

皮三人日夜兼程，终于在第二天的傍晚时分赶到了兽国首都乌达儿城。这座古老的城池建立在皮斯特山脉两座主峰之间，城墙是由一个巨大的整个石块雕琢而成。进出城池只有最中间的一条道路，易守难攻。这条路直通兽王宫殿，沿路布满商铺和民居，环绕这条路外围则是学校、军队营地、监狱这些机构的所在地。

乌达儿城仍旧气势恢宏，散发出古朴而威严的风格。再次回到乌达儿城的皮皮三人感慨不已，小伙伴五人一起在这里大战黑巫师，拯救兽国的事情还历历在目。而如今才过去短短几个月，安妮被黑巫师抓走生死未卜，凯南悄然消失不知所踪。五个预言中的孩子，只回来皮皮三人，还个个带伤。好在马上就要进城，皮皮要把银杏村的状况告诉泰恩，并通过兽国的星月塔查清楚安妮和凯南到底去了哪里。

走到城门前，希尔敏锐地察觉到状况有些不对劲儿。城门的守卫明显比以前多了一倍，而城门附近的居民和商户却几乎没有。

"这里的氛围怎么有点儿怪异？"努努也已经察觉到氛围的古怪。

"和银月村一样！"希尔说完已经戒备起来。

"无论如何，我们都要见到泰恩。得弄明白究竟是谁偷走了水源以及安妮和凯南的去向。"皮皮语气很坚定，说完走向城门。

"戒备！"皮皮三人刚靠近城门，门口的侍卫已经举起手中的武器。

"他是皮皮！我们可是拯救过兽国的人。"希尔有些气愤，在兽国已经不是第一次遭受到这种待遇了。

"皮皮？这些天冒充谁的人都有！谁知道你们是不是极地国逃来的难民？"门口守卫对希尔的话十分不屑。

"快走吧，这些天你们这样的想蒙混进乌达儿城的难民我们见多了。"另一个守卫也站出来帮腔。

皮皮察觉到了事情的古怪，一定是有重大事情发生才导致乌达儿城如此。皮皮还想再问，门口的守卫却已经把乌达儿城的大门重重关上。

夜晚很快就来了，乌达儿城的大门始终没有再开。乌达儿城门外的树林里反而人越来越多，从他们褴褛的衣衫不难看出，都是其他种族的流民。长着翅膀的翼国人，植物王国的树人，还有极地国的水族人。这些流民大多是商人请来的雇佣兵，也有临近兽国的他国居民，他们都被拒之门外。

此时一个穿着锦袍的老者长叹着气走到林边："若是我龙族还在绝对不至于出现这种情况。"

皮皮看这老人觉得有些熟悉，不知是因为他走路的姿势还是非凡的气势。老人似乎对眼前的事情了如指掌。为了搞清楚事情的原委，皮皮决定上前搭讪。

"老爷爷，您说的龙族是什么种族？眼前的情况又是什么情况？兽国什么时候变得开始排斥外族人了？"皮皮很真诚地询问锦袍老者。

"唉，说来话长。鲸大陆广阔无比，北至极地，有极地国。南通绿洲，是植物王国。兽国居中，翼族分散两边。而鲸大陆则是无边无际的海洋。"锦袍老人看皮皮三人无比真诚，坐在一旁娓娓道来。

"这我知道。我从小就在东海小岛上长大。可我没听说过龙族啊？"希尔听到这里有些疑问。

"因为你还小，五百年前的事情你怎么可能知道？"老人一句话让皮皮等人都惊呆了。

"五百年？您有五百岁了？这怎么可能？"努努惊讶得嘴都合不上了。

"当然可能！因为我有龙族血脉。鲸大陆四面环海，四海皆有龙王。他们掌管海洋中一切事情，拥有强大的能力。其中东海可以掌控世间水元素，控制布云降雨。"锦袍老者说话间带着些许骄傲，"而眼前兽国面临的大旱灾，一定是带有龙族血脉的人所为。"

"是拥有龙族血脉的人把兽国的水元素全部偷走了？那龙族的都是坏人了？"皮皮有些惊讶，又有些疑惑。因为眼前的老人就是含有龙族血脉的人，但他却将这些事情全都告诉了皮皮。

"不是的。纯正的龙族极少，东海龙王生有九子，九子各不相同，如长子赑屃，样貌如龟。次子螭吻，长相似鱼……这龙九子又各自繁衍。海洋中几乎所有生物都可以算是龙族的后代。只不过，龙族血脉越来越稀薄。不知多少年才有那么一两个龙族血脉比较浓郁的人，才拥有一些异于常人的能力。"锦袍老人说到此处有些惆怅，如同诉说自己的身世一般。

"那龙王爷爷这么厉害，他为什么不出面管管这件事啊？"皮皮听明白了龙族血脉，都是发源于东海龙王。底下的小辈出来捣乱，偷取了兽国水源，东海龙王作为长辈是应该出面管管。

"东海龙王五百多年前就去世了。听说五百多年前有一场灭世之灾。龙王为了阻止这场灾难而牺牲，所以东海群龙无首多年，早已混乱不堪。才会有盗取他国水源这种恶劣的事情出现。"锦袍老者说完长叹了一口气。

"那，您知道月亮为什么会消失吗？"锦袍老者像是一个百科全书，皮皮赶紧抓住机会想把心中的谜团全部解开。

"月亮消失？这个问题我倒没有想过。"锦袍老者摇了摇头，表示自己确实不知道，"鲸大陆很大！千百年来埋藏了无数秘密，神也不可能全部知道。"说着锦袍老者走向一边。

皮皮再次看见锦袍老者走路的姿态脑海中像是一道闪电划过，猛然想起了一个人。此时，皮皮还没来得及说出口，希尔摆好姿势站了出来，随时准备对锦袍老人出手。但是由于希尔身上所受的伤还没有痊愈，此时猛地扯动伤口，疼得直咧嘴。

"你受伤了？"锦袍老人看见希尔准备战斗的姿势丝毫没有在意，反而关心起希尔的伤势。

"不用你假慈悲！快出手吧！我们已经是老朋友了！"希尔愤愤地说。皮皮听到希尔的这句话更加确定眼前的老人就是前天在沙漠中偷袭他们的人，因为他们走路的姿势一模一样，像是脚下有个滑板滑动过去一样。

锦袍老人有些惊讶，盯着皮皮三人看了许久。向希尔和努努缓步走来，希尔准备攻击，却被老人一把抓住手臂。老人手上泛着光芒，希尔手臂上的伤口迅速愈合。

"你们一定遇见拉威尔了吧。"锦袍老人和蔼地对希尔说，"我那个不成才的弟弟。"

老人的一番话大家都惊呆了，原来两人是兄弟。

锦袍老人把自己的外套脱掉，露出八个触须，原来是水族中的章鱼一族。怪不得走路姿势如此怪异。皮皮心中恍然大悟。

"我们兄弟俩都拥有一些微薄的龙族血脉，只是我弟弟太过叛逆，总喜欢惹事。"锦袍老人带着歉意跟皮皮说，说话间就把希尔和努努的伤势全都治好了。

锦袍老人告诉皮皮他们兄弟二人的事，他叫拉希尔，专攻治愈之术，弟弟拉威尔专攻害人的邪术，经常和一些邪魔歪道在一起厮混。弟弟为人阴险狡诈，这次大规模的旱灾很有可能是他联合邪魔歪道所做，拉希尔这次来兽国的目的也是为了抓他回去，好好管教。没想到却被阻拦在乌达儿城外，这才遇见了皮皮。

"想要制服拉威尔，最简单的方法就是找到一个龙族血脉比他还浓厚的人，血缘上的龙威就能够压制他。"拉希尔告诉皮皮。拉希尔比弟弟的血脉稍微浓一点儿，可以暂时压制拉威尔。

但是无法进入乌达儿城，见不到兽王泰恩，也就没有找不到更多的线索，得不到更多的援助。几个人陷入了沉思。

"不如我们用魔法强攻进去吧！"努努性格比较直，首先想到的就是打进去。

"不行，兽族战士各个英勇善战，而且数量众多。我们打不赢。"皮皮摇头。

"那我们坐皮皮的泡泡飞进去吧。"努努马上回答。

"你看到城墙一排弓箭手了吗？"希尔不多说，只用手指向城墙上那一排威武的弓箭手，努努就不再说话了。

"嗯，我想，我们可以挖地道。"努努又灵光一闪地说。

"你要挖到什么时候，有这工夫……"希尔又一次不屑地说。

"我会土系魔法能让土壤变得松软。"努努不等希尔说完接着说，"然后再用水系魔法把泥土冲出个洞！"

"可是，兽国几乎没有水元素了。你的水系魔法还能释放吗？"希尔再次摇头。

"什么？你会两种魔法？"紫袍老人拉希尔有些吃惊。

"没错，我会水系魔法和土系魔法。"北极熊努努憨厚地说。

"那，你有没有试着把两种魔法融合？"紫袍老人有些兴奋地对努努说。

"融合？魔法也可以融合？"努努也很惊讶，他第一次听说这样的事情。

"嗯，也许可以试试。"努努觉得这想法很新奇。

"土系魔法——地陷术！"随着努努的一声呼喊，希尔脚下的土地变得像棉花一样。这招本来是用在跟敌人打斗的时候，控制敌人移动的魔法。努努没有在意，只想着魔法融合，而对希尔释放了这个魔法，希尔立刻感觉自己脚下一软，差点儿倒下。

"水系魔法——涌泉术！"努努又喊了一声，由于水元素奇缺。原本应该是从敌人脚下涌出大量水柱攻击别人的魔法。这次只出来一点点儿泉水，没想到让原本的泥土地变成了泥沼。

"努努！快住手——嗯。"希尔的话还没说完，自己的身体竟然已经陷了下去。突然出现的泥沼，不但让希尔无法移动，还差点儿把他淹死。

紫袍老人拉希尔站在一旁，微笑地看着努努："有点眉目，但这只是最为简单的魔法融合。你可以自己慢慢领悟。我也只是听说，从没见过真的会双系魔法的人。"

"你们能不能别再废话了？快把我救出去啊！"短短几

句话的工夫，希尔只剩一个脑袋露在外面。看见努努还在跟拉希尔谈笑风生，无奈极了。

"努努，快帮忙救人！"皮皮也赶紧打断聊天的两人。

努努这才反应过来，看见希尔被自己害成这个样子。"糟糕！"努努心里暗叫一声，新魔法掌控不好力度，用力过猛了，这下完蛋了，希尔上来非要揍死自己。

努努赶紧从旁边捡起一根粗大的树枝先扔进沼泽不让希尔继续下沉。希尔的手臂已经被泥沼淹没，抓不到树枝。

"没用，希尔只露着一个脑袋，借不上力。"皮皮看着仍在下降的希尔，十分着急。努努急得头上的汗都下来了。希尔要是因为自己的魔法而有个三长两短，自己可怎么交代。皮皮看着努努用自己宽大的衣服不停地擦汗，突然想到一个好主意。

"努努，把你的裤带解下来！"皮皮赶紧说。

"为什么？"努努有些蒙。

"没时间解释了，快照做。"皮皮这下直接命令努努了。

努努把宽大的裤带解下，皮皮接过去，打了一个结。绑在树枝上，丢进沼泽。

"用力咬住这个结，我们一起拉你上来！"皮皮一边扔绳子，一边指挥。大家都恍然大悟。原来皮皮是想借助裤带和树枝的弹性，用弹力把希尔从泥沼中拉出来。

希尔死命咬住努努的裤带，皮皮、努努和拉希尔一起用力拽。绳子和树枝都已经弯成了弓形，希尔的身体仍旧没有从泥浆中被拖出来的迹象。

"大家再用力啊！"努努为了弥补自己的过错，使出了吃奶的力气在喊。随着努努喊完这句话。"嗖"的一声，希尔从泥浆中弹射出来，在空中画出一个完美的弧线，差点儿撞到乌达儿城的城墙。希尔摔在地上，气势汹汹地冲努努跑了过来。努努心知不妙，希尔恐怕要来揍自己。努努心想自己差点儿把希尔害死，被他揍一顿也是应该的，于是努努抱头闭上了眼。

"努努！快起来！我有主意了！"希尔果然一脚踢了努努的屁股，但并不是想要揍他的意思，而是满脸兴奋。

解救完努努已经接近午夜，乌达儿城四周处于一片漆黑和寂静，只有城外树林一片小小的篝火，皮皮四人围坐在一起，聚精会神地看着什么。

"看，神奇的时刻来了。"满身泥浆的希尔眼前摆放一个小模型，两个树枝作为支架，一根比较有弹性的绳子绑在两个树枝中间，皮皮将树枝压弯，然后把一个栗子放在绳子上。"一，二，三。"随着喊声的结束，希尔松开了压着树枝的手。"嗖"的一声一个石子被弹起来，竟然从努努的头上飞了过去。

"我们造一个大的投射机，还用你们救我的方法，就能迅速越过城墙！守卫的弓箭都来不及放。"希尔兴奋地说。皮皮和努努都认为这是一个绝妙的主意。

"可是，你们对城内的环境熟悉吗？万一落在不合适的地方……"拉希尔有些担心。

"不用担心！"皮皮对这件事情毫不在意，皮皮在乌达儿城生活的时候，没少在城内闲逛，对城内各个小吃店全都了如指掌，城里的建筑自然也熟悉无比。皮皮说着口中吐出一口气，一个彩色泡泡缓缓飘出。泡泡里面呈现出立体的乌达儿城全貌，甚至还有人影在里面活灵活现。

"这就是乌达儿城的全貌，中间的广场是祭祀的地方，平时人很少去，晚上就更没有人去了。"皮皮指着彩色泡泡最边上最宽广的位置说。

"我也知道这个地方，都是每月月初祭祀用的。平时根本就没人去，晚上还有点儿吓人呢！"努努也随声附和。

"可是我听说，城内好像新来了一个祭司。非常古怪，总是可以做到一些常人想不到的事情。"拉希尔听完皮皮的描述，虽然也觉得没有什么问题，但是总有些隐隐的担忧。

众人在争论中远处的天色已经微微泛白。

"来不及了。管不了什么新来的祭司。今晚一定要入城。"希尔看着天空中仍旧没有月亮，十分着急。太多秘密等着他们解决。

皮皮三人在两棵大树之间，绑上一根粗壮的绳子。一个巨型弹射机就这么做好了。紫袍老人看着皮皮坚定的目光，没有多加劝阻。皮皮三人准备坐在投石机里弹射进乌达儿城，邀请紫袍老人一起去乌达儿城，但是却被紫袍老人婉拒。紫袍老人已经感知到拉威尔并不在乌达儿城，他要去其他地方寻找到处惹是生非的弟弟。临走前紫袍老人还告诉皮皮，鲸大陆有许多未曾探寻的秘密，在鲸大陆的冒险一定要小心。紫袍老人说完，飘然而去。皮皮等人则站在投射机前，准备趁着夜色进入乌达儿城。

"兄弟们，我们出发！"皮皮、努努和希尔都坐到弹弓尽头的篮子里，随着皮皮的一声喊叫，希尔割断了绑在地上的绳子。"嗖"的一声，皮皮三人被疾速地弹射到乌达儿城的上空。

"我竟然飞起来了。"努努兴奋地张开双臂看着身下的乌达儿城。

而此时广场上并不是想象中的空无一人，反而人山人海，像是在举行某种仪式。

"似乎有点儿不太对劲，兄弟们。我们应该是悄悄溜进来的，不是吗？"希尔已经发觉事情不对。

"兽国的臣民们，我们遭受到了诅咒，整个国家的水源都已经枯竭，我们向神明祈求，希望神明能够帮助我们抓到盗取我们水源的黑暗教徒。"一位身穿黑袍的人，身材瘦弱得只露出两个碧绿的眼珠，看不出他是什么种族。但只三言两语就把广场上的人们挑动得情绪高涨。几句话让下面跪拜着的上万名民众一起山呼海啸。

"抓到盗水贼！"

"大祭司万岁！"

"糟了！他们大半夜这是在干什么？"还在半空中的皮皮被眼前的景象惊呆了。正常祭祀没有如此庞大的阵仗。

"我怎么感觉好像又回到了银月村？"努努已经感觉事态不妙。

正说话间，皮皮三人从天空中落下来，正好掉落在祭坛的正下方，正在陷入癫狂状态的民众被这突如其来的一声响以及从天而降的三个异族人吓了一跳，不明所以的群众开始停止了祭祀的舞蹈，对皮皮三人议论纷纷。

"看哪，臣民们，神灵被我们的虔诚所感动了，偷走我们水源的异教徒被神明遣送回来了，我们可以结束祈雨仪式了。"祭坛上穿着黑色袍子的大祭司有些兴奋。刚祈祷完毕，就有几个人从天而降，正好应了自己的咒语。

广场上的乌达儿城居民，都停下议论，开始向前聚集，围观皮皮三人。

"天哪,皮皮,你计算得果然不错。我们准确地降落到了广场正中间。"努努悄声对皮皮说。

"真是够了,每次都让我们碰上这种事儿。"希尔有些懊恼,每次都这么倒霉。

"不要慌,他们好像是在求雨。我们也许用魔法可以唬住他们。"皮皮悄悄对希尔和努努说。

"咳,不错,我们正是神明派来的。"皮皮装作镇定自若的样子,站起来拍拍身上的灰尘对广场上的民众说,"神明派我来拯救你们。"说着,皮皮竟然已经走上了祭坛,向广场上的民众自信地挥了挥手,下面的民众一片哗然,大家都对皮皮的话议论纷纷。

"哼,一派胡言,臣民们,大家看仔细了,他明明就是一个异族人,早就有神的启示,是外族人偷走了我们的水源。"大祭司将皮皮推下祭坛,兽国的臣民对大祭司的话深信不疑。都呐喊着要将皮皮抓起来。

"为了向大家证明,我们就是神的使者,现在我们就可以进行降雨,可以吗,布雨使者?"皮皮对努努说,"当然,我这就可以降雨,呃,小范围地示范给你们看。"努努结结巴巴地回答,大家都被这种神奇的事儿所吸引。"你可别再失误了,努努。"希尔对这招丝毫没有信心,银月村的村民都唬不住,何况在堂堂兽国首都乌达儿城呢?

努努又一次站在万众瞩目的地方，这次在乌达儿城虽然同样水元素少得可怕，但是毕竟能够感知到水元素的存在，这样就能施展简单的水系魔法。"神明，降雨吧"努努站到祭坛上呼喊着。随着努努的声音，天空风起云涌，台下的居民都对突然到来的异象崇敬不已。"吧嗒"一声，雨点坠地的声音。

"下雨了！真的下雨了！"皮皮看到计策成功高兴不已，刚想继续忽悠群众，只滴了两下的雨就停了。"不行，水元素太少，只有这么多了。"努努悄悄对皮皮说。

"大家都看到了，刚才真的下雨了。我们是神明的使者，只要大家对我们好吃好喝地招待，大雨马上就来。"皮皮没有办法，只能继续吹牛希望可以唬住广场上的居民。

"一派胡言！会一点简单的水系魔法就敢冒充神明。"大祭司挥了挥手，四周的侍卫瞬间就将皮皮三人包围起来。"抓住他们，偷走我们水源的异族人就是他们，刚才见到的只不过是水系魔法，大家不要被欺骗。"大祭司对广场上的群众喊着。

"抓住他们！"一个人跟着大祭司喊起来

"异族人，抓住他们。"台下所有人都开始叫嚷。

皮皮三人被逼到一个角落。"没办法只有一战了，否则还没见到兽王泰恩，我们就先进了监狱。"希尔对皮皮说。

皮皮点了点头。只有一战了。

"地陷术""连环泡泡""狂暴之力",皮皮三人瞬间丢出自己的魔法,暂时阻挡了侍卫对自己的包围,但是更多的侍卫源源不断地从四面八方赶来,皮皮三人陷入了空前的危机,毕竟这是兽国的都城,他们三人不可能打赢一个国家的武装力量。

🎵 第四章 🎵

〜 神棍祭祀 〜

地新纪 638 年，黑巫师想要控制兽国的阴谋被皮皮等人挫败，黑巫师潜逃并掳走安妮。皮皮等人追逐而去，兽国国王泰恩送皮皮等人到德鲁斯沙漠北部。皮皮等人一去三个月，没有任何收获，还丢失了伙伴凯南。三个月前，兽王泰恩在送别完皮皮的返程路上，搭救了一个将要渴死的难民，那个难民裹着一件黑色的袍子，饿得似乎只剩下骨头。本来这个随军返回的难民，只在乌达儿城做些杂活。但是大家逐渐发现这个人学识十分渊博，天文地理无所不通。他的名气甚至惊动了兽王泰恩，兽王泰恩再一次接见了这个流亡过来的难民。两人

彻夜谈论了许久，没人知道他跟兽王说了些什么。总之，那天之后，这个难民就成为了取代黑巫师位置的人。这个人就是下令将皮皮三人团团围住的黑袍祭司。

"祭司，这三个人和不久前的小英雄皮皮长得还真有些相似。万一他们是真的，我们可就犯了大错呀。"祭坛旁边一个军士向黑袍祭司说出担忧。

"抓起来。真的皮皮怎么会惧怕这么点士兵，假的皮皮就更死不足惜了。"黑袍祭司冷冷地看着被兽族士兵团团围住的三人，冲手下士兵挥了挥手。

"泡泡爆炸！"皮皮又炸出一连串的泡泡逼退想要冲上来的士兵。皮皮三人很为难，他们既不想使用强力魔法伤害兽族士兵，但是又不得不打退他们。

"泡泡爆炸，看到了么？这是皮皮才有的独特招式。"努努也在不停地吼叫。但重重包围着他们的士兵像是没有听到。

"怎么办？实在不行我们只能不客气了。"希尔一直在阻挡，手上不注意仍旧被某个士兵划出一道伤痕。

努努和希尔都在等皮皮拿主意，皮皮略微思考，看见远处源源不断正在赶来的兽国士兵，心中知道绝对不能硬碰硬地打。皮皮心中焦急不已，看向远处的兽王宫殿，似乎还有些灯火闪烁，那个方向，应该就是兽王泰恩晚上下榻的地方。

"释放动静最大的魔法。不求杀伤敌人，只求声音大！"皮皮心中打定主意，这时候能够帮助他们解围的只有兽王泰恩。

"泥石流！"随着努努一声喊叫，周围不少士兵全都陷入泥沙中。正是刚才在城外坑害过希尔的那招。周围的士兵动弹不得，只能大声哀号。

"祭司大人。他们似乎真的是皮皮。会水土双系魔法的北极熊可是模仿不来的啊。"旁边的侍卫再次向祭司汇报。侍卫知道皮皮跟兽王泰恩之间的关系，他怕新来的祭司不知道，伤害了真的皮皮。

"他们不是五个么？怎么只来了三个？"黑袍祭司眼珠子一转，对侍卫的话产生一点疑问。

"据说是因为他们的伙伴安妮被抓走了，才导致他们深入德鲁斯沙漠腹地前去追寻了三个多月。可能他们一无所获，所以才回来四个人。这时候说不定还有一个人在城外？"侍卫对这些事情也一知半解，只能跟祭司这么解释着。

侍卫发现自己的话出现漏洞，闭上嘴不再说什么。可此时祭司却像是被什么事情触动了，他碧绿的眼珠散发出些许光芒。就在侍卫准备转身离去的时候，祭司拦住了他。

"吹召集号。"祭司轻描淡写的一句话让侍卫吓了一跳。召集号是首都乌达儿城出现重大危机才能吹响的，召集号一响无论兽王在哪儿都能听到。如果无故吹响召集号，一定会被兽王狠狠惩戒。

"呜，呜，呜——"

号角吹响，广场混乱的情景稳定下来。所有的民众、士兵，包括祭司都俯身跪下。兽王泰恩不仅是兽国地位的象征，更是兽国最为强大的人。无论是魔法还是体术攻击都是极为强悍，除了不久前曾经被黑巫师用卑鄙的黑暗巫术控制了神志以外，从没输过一次战斗。

"呼，太好了，泰恩终于来了。"皮皮三人长长地出了一口气，还以为自己努力制造的混乱场面终于引起泰恩的注意，却不知这件事是祭司故意所为。

"出了什么乱子？"泰恩人还没到，他雄浑的声音就已经从远处的兽王宫殿传来。

"报告陛下，三位外族人夜闯都城，意图偷取水源。"还没等皮皮开口，祭司已经先声夺人，把责任推到皮皮三人身上。

"终于抓到了！我倒要看看是谁那么大胆！"泰恩的话音带着些许怒气。声音未落，一道黑影闪过，黑影所到之处都形成一股气旋。气旋带着凌厉之势停在皮皮三人眼前，皮皮对泰恩的感觉太熟悉了，站在祭坛中央毫不畏惧。

"皮皮兄弟？你们怎么回来了？"兽王泰恩的身形慢慢在祭坛中间显现，脸上表情十分诧异。泰恩的话音刚落，广场上的居民又开始了窃窃私语，原来眼前的三人真的是皮皮，大家脸上大都带着些许愧疚。

"我们回来当然是偷你们的水源呀。"希尔对这个大祭司非常不满，言语中带着冷嘲热讽。

"大祭司，到底怎么回事儿？"泰恩质问大祭司。

"您也知道，能够偷走水源的一定是龙族后裔。这龙族后裔又多是水族……"泰恩一声怒喝，竟然让大祭司跪了下来。广场上所有的人都有些惊讶。正常情况下，大祭司虽然远不如兽王有权威，但也是兽族权力顶端的几个人。

"一副小人嘴脸。"希尔小声嘀咕道。希尔天性孤傲，对这种阿谀奉承的人最为看不起。

皮皮终于见到了兽王泰恩，不想在这种小误会上面继续纠缠。

"泰恩陛下，我们有很重要的事情请您帮助……""咕噜"，皮皮话还没有说完，肚子却不争气地叫了起来。

"哈哈，走。到兽王宫咱们边吃边谈。"泰恩爽朗一笑，带领着皮皮三人进入兽王宫殿。这座挖在山腹中间的巨大豪华宫殿，里面各种好吃的应有尽有。

皮皮三人在兽王宫屁股还没有坐热，旁边的侍卫已经把各种好吃的摆满了桌子。

"长话短说，我们要借星月塔一用，向星月国传递消息，您也看到了，我们只剩下三个人。安妮被黑巫师抓走，凯南不知所踪。我们需要星月众神给我们指引方向。"皮皮一边吃一边简短地向泰恩诉说着他们近来的遭遇。

兽王泰恩听完皮皮三个月来的遭遇，脸上的表情逐渐凝重。皮皮看见泰恩脸色越来越凝重，不知不觉放慢了吃东西的速度。"我知道情况有些严重。但是只要把这些事情告诉兔儿爷，让星月神族派救兵，这点小事应该不难解决。实在不行，我亲自去星月国一趟！"皮皮此时心情轻松多了，他可是见识过星月神族的强大能力。皮皮轻松地宽慰着兽王泰恩。

"可是，星月塔从三个月前就已经坏了！再也没有任何信号，再也无法传递任何信息，更不要说传送人到星月国。"神雕无奈地叹息一声。

皮皮三人都震惊了。传说中兽国自从建立的那天起，星月塔就已经存在。星月塔是星月神国跟鲸大陆联系的纽带，已经存在无数年。谁也没有想到星月塔竟然会坏，而且时间竟然也是三个月前。所有的时间都出奇地一致，大家都沉默了，所有谜团都来自三个月前安妮的失踪。而大家把解开谜团的唯一希望都寄托在星月塔上。存在无数年的星月塔竟然也坏了，所有的信息到这一步全部中断，大家再次陷入了茫然。

"也许还有一个人可以帮忙。"泰恩思索良久终于说出这句话。

"谁？"蔫了的皮皮三人瞬间被神雕的这句话重新燃起了希望。大家都怀着炽热的目光盯着泰恩。

"呃，这个人你们见过，就是刚才在祭坛上的大祭司。"泰恩看着皮皮三人缓缓地说出这句话。

"什么？这人一看就是奸诈狡猾的小人。"希尔第一个不乐意。

"我知道。但他确实学识十分渊博。鲸大陆上所有的事情他都知道。"泰恩说出这句话的时候带着询问的目光看向皮皮。

"只能让他来试试了。"皮皮也没有更好的办法，只能试试看。

泰恩挥了挥手，不一会儿裹着黑袍的大祭司就推门进来。

"尊敬的国王，向您请安，尊敬的英雄皮皮，向您祝福！"大祭司一进门就向泰恩和皮皮鞠躬，"不知有哪些地方我可以效劳？"大祭司的声音透露着谄媚意味。希尔十分不屑地冷哼了一声。

"你知不知道星月神国？"泰恩似乎也对大祭司的谄媚有些反感。

"当然，我的国王，我家祖上就是服务于星月神族，所以我才有渊博的学识。"大祭司回答。

"那你知不知道，除了星月塔还有什么能够到达星月国的办法？"皮皮紧接着问。

大祭司绿油油的眼睛一亮，死死地盯着皮皮："除了星月塔，我还真知道一个方法。"

"快说，别卖关子。"泰恩命令道。

大祭司嘿嘿一笑，从宽大的黑袍子里拿出一个卷轴似的东西，铺在神雕面前的桌子上，卷轴上的画全都慢慢从纸上浮现出来，大家都被这神奇的卷轴惊呆了。"这是我们家家传的魔法卷轴，传说上面记载了一个神迹，在星月塔之前就已经存在，能够联系星月国的地方——通天塔。"大祭司看着满脸惊愕的皮皮等人，满意地说着。

"这是兽国的比斯特山脉，这是德鲁斯沙漠。"泰恩指着地图说。

"国王真是好眼力。不错，我一直想要探索这个地方。但是由于路途遥远，而且找不到能跟我一起去的伙伴，所以也没有到过最终的目标标示的地方。"大祭司说着，卷轴上显示的地图越来越模糊，"噢，也许这个卷轴存在的时间太长了，不能够长时间地观看。"说着合上了魔法卷轴。

"通天塔是什么？"皮皮从没听说过这个名字。

"据说是一个地名，上古时期某个种族留下的遗迹。通天塔可以不用魔法传送阵，直接飞往星月国。"大祭司缓缓说道，语气十分沉重。

"上古时期的种族？什么种族？现在还在么？"努努对这个传说也十分好奇，接连问了许多问题，但是大祭司却一直没有回答。

"大祭司？"泰恩威严地低吼一声。

"对不起。由于年代久远，关于这个种族的资料，我需要回去翻翻书。"大祭司语气虽然没有变化，但是说话速度明显慢了许多。

皮皮三人和兽王泰恩对视了一眼，皮皮冲泰恩点了点头。

"大祭司听令。现在命令你作为向导，带领皮皮等人找到通天塔。帮助皮皮到达星月国，查找安妮和凯南的下落，顺便请求神明解决兽国水源问题。"泰恩对大祭司命令道。

大祭司没有推托，深鞠一躬之后就匆忙离去。

广阔的德鲁斯沙漠有着无数的传闻，各个种族都派出无数的人探索过德鲁斯沙漠，但是没有几个人能够活着回去，而回去的人都对这片沙漠缄口不提，长久以来德鲁斯沙漠的神秘传说越来越多。

沙漠边缘，银月村广场。兽王泰恩带着送行的仪仗队伍停在这里。

"如果不是国王的身份牵绊着我，我一定会跟你们去冒险。"国王泰恩再次送别皮皮，心中感慨不已。

皮皮看着广场上前来送行的鹅妈妈艾米和她的孩子，村长肖恩以及其他银月村村民，这些人虽然饱受磨难，但是看向兽王泰恩的眼神仍饱含热情。皮皮明白一个精神领袖对臣民的重要性。

"都准备好了么？"泰恩目光殷切地看着皮皮四个人，他们四人的行动事关兽国的命运。

"我们是准备好了，就是不知道会不会有人拖后腿。"希尔对大祭司的不满早就溢于言表，得知要跟大祭司一起去寻找通天塔，希尔就更加不开心了。

"大祭司，说说你们的行动路线吧。"泰恩知道皮皮他们对大祭司都不那么信任，故意问大祭司。既可以看看大祭司的能力，又能消除他们之间的嫌隙。

大祭司知道泰恩的意思，没有丝毫犹豫，上前再次打开手中那个残破的卷轴。莹莹绿光渐渐亮起，皮皮三人都赶紧围了上来，绿色光芒组成的山川河流逐渐在卷轴上方一点点地呈现。

"喏，这个白点显示的应该就是我们的位置，在比斯特山脉边缘，应该没有错。这条绿色的线路应该就是通往我们目标通天塔的路线，目前看着这条线所显示的应该是……"大祭司闪烁着自己隐藏在黑色袍子里的眼睛，还没有说完就被皮皮打断了。

"德鲁斯沙漠。"皮皮看了一眼地图，似乎对德鲁斯沙漠仍心有余悸，连续几天的暴晒，风沙的侵蚀，以及水源、食物的稀缺，还有在皮皮、努努和希尔心中都留下一个阴影的事件——凯南消失。当皮皮再一次提到德鲁斯沙漠，所有人都陷入了短暂的沉默。

"不知道凯南怎么样了，我们这次回德鲁斯沙漠一定要找到他。"希尔看着努努坚定的神情，张了张嘴，又闭上了。没有人知道凯南到底去哪儿了，更没有人知道他是否还活着。何况是要在如此之大的德鲁斯沙漠中找到一个人，简直难于登天。希尔只是张了张嘴，还是把这些话咽了下去。努努低下头拳头握得紧紧的，努努也许是小伙伴中最不会说话，性格最软弱胆小的人，但是在面临这种大事的时候，他心中似乎总是无比地坚定，上次在德鲁斯沙漠中的迷失，也是由于努努自己独自坚韧地向前走，方才找到了小型绿洲，带领小伙伴重新找到通往兽国的道路。

"不知道谁是凯南呢？我只是比较好奇而已。"大祭司明知故问，想多了解一下这个队伍的其他成员。

"凯南是我们另外一个小伙伴，前些天在沙漠中走失了。"大祭司刚才制作出的详细路线取得了皮皮的信任，皮皮对大祭司毫无保留地说。

"噢，那他有什么特殊的能力么？如果没有特殊能力在德鲁斯沙漠可是很难生存下去的……"大祭司对皮皮这些人的了解只是三个月来从兽国民众的口中听来的，想亲自向皮皮求证一下。

"嗖"一声快速移动而划破空气的声音响起，大祭司应声倒地。希尔飞起一脚，竟然将大祭司踹飞。希尔对大祭司早就不满，这次听到大祭司在议论凯南，情绪更加急躁，飞起一脚本来是想给他一个警告却没想到大祭司竟然丝毫没有战斗力。

希尔只想警告一下大祭司，没想到竟然当众一脚把他踹飞了。希尔也觉得有些尴尬，他的脸涨得通红。"像你这种不会魔法，身体虚弱，只会吹牛和嘲笑别人的人才要在德鲁斯沙漠小心吧。"

"实在不好意思，希尔他太鲁莽了。"皮皮没等希尔说完，赶紧冲上前，一边道歉一边把大祭司扶起来。

"哈哈哈，你们也算是不打不相识吧。"兽王泰恩也出来打圆场。大祭司没有搭话，在自己身边摸索着什么。

"对了，你昨晚说的上古时期某个种族，是什么种族，回去查到资料了么？"泰恩见大祭司领情，只好转移话题。

"回陛下，查到了。"大祭司回过神来，赶忙回答泰恩的问题。

泰恩冲银月村村民挥了挥手，带着侍卫一边向沙漠边缘走，一边和大祭司聊天。

"传说这块极大的沙漠，在很久以前并不是沙漠，曾经也是一个国家，这个国家所有居民都是猴子。"大祭司看着远处隐约可见的沙漠，似乎是在寻找什么。

"兽国的猴子吗？"努努奇怪道，兽国的猴族可是很常见的种族。

"不是。是一种比兽族的猴子还要聪明的猴子种族。那个国度他们不会魔法，也没有十分强大的身体，但是他们有更多的智慧。他们发明了一种叫作科技的东西，能够在天空中建造飞行的屋子，能在大地上建立速度极快的钢铁马车。"大祭司详细地说着。

"又吹牛！说得像是你去过那个国家一样！不用魔法怎么能让屋子在天空中飞行？"希尔对大祭司仍旧不满，但经过大家的调节这种情绪已经收敛了许多。

"哦，我也是从书上看来的。"大祭司赶紧解释，似乎在有意隐瞒一些东西。

"那他们如此强大，又怎么会灭亡呢？"皮皮忍不住问。

"灭亡的祸根从他们一开始就已经埋下了，也是因为科技。他们的科技不仅运用在生活上，也运用在战争上。他们制造出了极其强大的武器，只需要小小的一个，大约一个和努努肚子那么大的东西，就可以将兽国的首都乌达儿城给炸成平地。"说着大祭司指了指努努的肚子。

"我的天。"听完大祭司的叙述，兽王泰恩也忍不住惊叹了一声。

"当年兽国和绿洲都因为德鲁斯的强大而不得不一个退居在大陆上边，比斯特山脉中间。一个退居在大陆下边，普兰平原。而极地大陆更是退居大陆边缘，德鲁斯占领了整个大陆资源最为丰富的地区。科技随着他们野心的膨胀而进步，直到有一天，他们以为自己可以取代神。"大祭司说着，停顿了下，手伸进斗篷里，擦了擦眼睛，"这德鲁斯的风沙还真是大啊。"

"那后来呢？德鲁斯到底怎么变成这样的？"努努不停追问。

"后来，触怒了神，就灭亡了。哦，对了，传说中通天塔就是他们为了攻打进星月神国所制造的。"大祭司讲的故事匆匆结尾。皮皮再问的时候，大祭司只是双手指向沙漠，淡漠地说，"我们到了！"

皮皮看着漫天的黄沙，他知道再次征服德鲁斯沙漠的旅程又要开始了。

第五章

～ 沙漠之火 ～

德 鲁斯沙漠的中心，黄沙漫天。除了一条千百年来被开拓的商路以外，到处都是大大小小的沙丘。皮皮四人按照大祭司规划的路线沿着商路走，一路顺畅，没有遇到任何阻拦。唯一让大家觉得奇怪的是前面的商路上远远地可以看见一片阴影，似乎是一座小山，但又好像不是。没有山峰那么挺拔，似乎只是一个巨大的阴影。这片阴影又是地图上记载通往通天塔的必经之路。大家只好朝着这座沙漠中这片奇怪的阴影前进。越靠近这片阴影大家心中的担忧就会越多一些，因为大家都发现，越走气温高得越离谱。

伴随着炎热与担忧，大家终于还是走到那片阴影旁边。此时大家才发现，这哪是什么小山，分明是一个巨大的盆地。原本的商路被横空截断，四周十几公里的沙漠全都塌陷。周围的沙子全都呈螺旋状向中间聚集，中间有块亮红色的区域，还不断冒着灰色的烟雾。

"这是什么？我一定是眼花了。"努努看到眼前的景象已经被惊得说不出话来，一屁股坐在沙丘上开始不停地擦汗。

"以那块红色区域为中心，沙子被熔化成了岩浆。"大祭司似乎毫不惊讶。

"我的天，那中间到底是什么东西？有这么高的温度。"一向冷静的希尔此时也有些呆了。

"我看我们还是绕过去吧，走不到中间我们就会被烤熟的。"皮皮和大祭司商量。

"绕过去会多走大概一天的路程。可我们剩下的水只够三天的。"大祭司淡漠地说。

"那也比被烫死强，沙子都能熔化成岩浆该是多高的温度……"希尔有些气愤地和大祭司争辩。

大祭司没有理会希尔，默默打开一个水袋把所剩不多的水洒在螺旋状沙子的棱角上。"吱"一声，水滴瞬间被蒸发。皮皮倒吸一口气，水滴在沙子上，正常情况应该是缓缓渗进沙子。但是大祭司刚才把水洒在沙子上的时候，这些水根本就来不及渗入沙子，瞬间就化为蒸汽消失了。

"我可不要进去，边缘的温度都已经这么高了。走到中间还不被烤熟了。"努努看到这个情景已经开始要后退了。大祭司没有理会努努，接着又将一些水洒在沙子螺旋纹的中间向下凹陷的地方，这次没有出现瞬间被蒸发的恐怖情景，水滴只是慢慢地向下渗了进去，和滴在正常地面上一样。

"螺纹中间的温度低。"皮皮恍然。

"只要走中间凹下去的位置就不会被高温灼伤。只是通道窄了些，小心一点总能通过的。"大祭司胸有成竹地说，说话的语气似乎对这个地方十分熟悉。

皮皮和努努都对大祭司十分佩服，唯独希尔对大祭司更加警惕了。为什么大祭司会对沙漠中的情况如此了解？不仅是路况，就连沙漠中如此隐秘的机关都清清楚楚。此时，希尔注意到大祭司的手上带着手套，而且能看出来大祭司的指头似乎有些不正常，像是只剩下骨头一样。种种迹象虽然奇怪，但也没有确凿的证据能让希尔站出来质询大祭司。但是希尔却在心里对大祭司警惕起来。

整个沙漠像是一个巨型的迷宫。不单有着高温还有许多岔路，大家都侧着身子缓慢地前进，一不小心走进死胡同就得反过身来从头走。虽然十分费劲，但是都走得十分谨慎，一向话多的皮皮这时候也不再说话，希尔也不再抱怨，努努更是紧紧地收着自己的肚子生怕会不小心蹭到沙壁。只有大祭司轻车熟路，身体十分灵巧，面对每一个岔路，不假思索地就能很快地找到正确的道路。

傍晚，终于走了将近一半的路程，在一个三岔路口处，大祭司停住了脚步。

"我累了，换个人带路吧。这儿正好可以错开。"大祭司伸了个懒腰，略带疲惫地说道。正在后面小心翼翼跟着前进的皮皮三人，赶紧停下了脚步，听到大祭司的话，希尔感到有点儿问题，但是一时也想不出哪里不对劲。

"那我来吧。"紧跟大祭司后面的皮皮走在最前面，但是大祭司却没有站在原来皮皮的位置，而是直接走到最后，跟在了努努的后面。

"前面的岔口一直走，应该就能到达最中心了。说不定那儿有什么好东西等着大家……"大祭司略带深意地对皮皮说。

皮皮没有回答，只是默默点了点头。一路上皮皮已经习惯了听从大祭司的安排。皮皮看见大家都在喘着粗气并没有人说话，皮皮就带着队继续向前走了。

大家都沉默地向前走着，终于这条狭窄的通道要走到尽头。只见一个像是按钮的东西凸起在尽头的沙壁上。

"看啊，伙计们，我们到了！"皮皮指着尽头的红色按钮说。

"呼，终于到了，累死我了。我要好好休息一下。"努努一边往嘴里灌着水一边嘟嘟囔囔。

"喂，你说，那个东西会是什么？"希尔一边弯下腰喘息着一边问大祭司。但是却没有人回答，希尔心中暗呼糟糕，赶紧转过身来却发现走在队伍最后面的大祭司不知道什么时候已经不见了踪影。

"大祭司呢？那个家伙哪儿去了？"希尔立刻站直了身子大喊。听到希尔的喊叫，皮皮和努努也往后看了一眼，发现大祭司不知道什么时候溜了。

"你给我出来。"希尔大喊了好几声，但是没有任何人回应，只有在这个硕大的空旷沙漠中的回音。

"我早就觉得他有问题，一路上鬼鬼祟祟。"希尔终于忍不住说出自己的心声。

"也许是大祭司迷路了呢？要不我们等他一会儿吧。"皮皮此时仍旧对大祭司保持信任。

"皮皮，你就是太善良，太容易轻信别人了！"希尔有些气恼。

"可是你说我们现在该往哪儿走呢？"皮皮没有多说什么，只反问这么一句，希尔也不说话了。一路走来大家都累得够呛，此时也已经没有力气争辩。

"都已经走到这里了，不如我们等等看。也许大祭司真的迷路了。"努努说出这句话之后，大家开始安静而漫长地等待。不知道过了多久，天已经黑了，努努站在那儿都快睡着了。

皮皮内心焦灼得像是热锅上的蚂蚁，他知道大祭司可能一去不复返了。身为队长他过多地依赖大祭司，这时候该他拿个主意了。

"那，那个按钮究竟是什么？"皮皮终于打破了沉默问了一句。

"啊，嗯，不知道，我们要不要按一下？或者我们再原路回去？"被叫醒的努努被吓了一跳，反应过来以后询问了下希尔的意见。

"是什么都要按下去看看。快按吧！"希尔深吸一口气对皮皮说。

皮皮慢慢走过去，看着那个在幽暗的四周闪烁着艳红色光芒的按钮。

"呼！"皮皮轻舒了一口气，慢慢地伸出指头。希尔和努努都屏住了呼吸，瞪大眼睛，没有人知道会发生什么。这时候，皮皮又把手收了回来，从口袋中抓了一把梅子，塞进嘴里。

"我不敢……"皮皮嚼着梅子扭过头对希尔和努努说。

"让我来。"希尔说着就要侧过身去按那个红色的按钮，这次换皮皮和努努在后面屏住呼吸等待着。希尔快走到那个按钮了，转过头看了一眼皮皮和努努，咽了咽口水，却没有注意脚下有一个小石子儿。

"啪"，希尔脚踩到小石子儿一个趔趄身体不听指挥地向前倾了过去，不偏不倚正好按到了那个红色的按钮。豆子大的汗珠从希尔的脑袋上落下，皮皮咽了口口水，努努用手捂住了双眼。

"什么事儿都没有发生……"希尔有些狐疑，但他一句话还没有说完就停住了。

希尔脚下的沙子开始向下陷，整个旋涡状的沙漠像是海洋中的漩涡一样开始了高速的旋转，并且以那个红色按钮为中心开始向下沉。这时候，眼睛瞪得像铃铛一样的希尔注意到自己的脚下竟然不知何时已经变得空无一物，向下看去只有一片火红而又炽热正在不停翻滚着的岩浆。

"快跑！"希尔一个腾空跳，跃出了正在向下陷落的地面，冲着皮皮和努努大声喊着。努努瞬间将自己周围的沙子围绕在身边形成一个铠甲。皮皮吐出一个金色泡泡将自己包裹起来，慢慢向上升起，希尔一跃正好被皮皮拉住，皮皮的飞行泡泡本来速度就十分缓慢，希尔的进入让泡泡上升的速度又减缓了一大截儿。

"救命。"努努的一个脚已经陷入了沙子，皮皮控制着正在上升的飞行泡泡，听到努努的喊声，只能慢慢下降。

"抓紧！"希尔在泡泡上向努努伸出了手，努努死死地抓住。终于希尔将身体笨重的努努也拉进了飞行泡泡上，皮皮三人都长舒了一口气。

"轰隆"一声巨响，三人那口气还没有喘匀，危机再次发生！皮皮为了救努努将飞行泡泡高度降得太低了，周围迅速崩塌的沙丘形成的沙流将皮皮的飞行泡泡瞬间淹没。

"啊——啊——"皮皮三人都随着迅速崩塌的沙丘掉进了沙丘下面的巨大岩浆溶洞，三人下落的地方是沸腾的岩浆，而周围是正常的岩石，不知道什么原因使这里形成了如此奇观，也不知岩浆从哪里发源，竟然像是一个河流一样，一直向远处流去。

"泡泡爆炸！"从空中坠落的皮皮，在自己脚下释放了一个巨大金色泡泡并让它瞬间爆炸，巨大的冲击力，将正在下落的皮皮三人冲到了岩浆河旁边的岩石上。

"哎哟。"捂着屁股站起来的努努还在不断地呻吟着，"我的屁股，皮皮你的泡泡爆炸威力又变强了。"

"呼，真是幸运，没有掉到岩浆里去，否则可真要被烤熟了。"皮皮也擦了擦脸上的汗。

"这地方可真是危险，还好我们福大命大，每次都能化险为夷。"还在地上躺着的努努捂着胸口喘息着。

"吱——吱——"努努的话音还没有落，角落里又发出一阵响声。

"皮皮你饿了？"希尔问。

"不是我，是努努吧。"皮皮看向努努。

"也不是我啊。我被吓得都没有饿的感觉了。"努努赶紧否认。

希尔立刻从地上跳起来，进入戒备状态。

"吱——吱——"奇怪的声音越来越大，被沙子覆盖着的那片石板开始出现响动，慢慢成堆的沙子开始向一边滑落，一个眼睛血红、毛发稀少的兽国狼族人从沙子中间钻出来，紧接着，满身伤痕的狮子、缺少钳子的螃蟹、身体巨大的虫子……各种变异了的、不同国家不同种族的生物从沙子中间爬出来，他们都有一个共同的特点就是眼睛血红，不说一句话，只发出原始的嘶吼声。

"你，你，你们好。"皮皮被眼前的阵势吓了一跳，磕磕巴巴地说出一句话。但是并没有人回答他，皮皮刚说完，从沙子中爬出的生物开始向皮皮展开攻击。

"狂暴铁拳。"早已戒备的希尔看到皮皮受到攻击，立刻冲上前将那个丧失意识的狼族人击飞。

"皮皮，快反击，他们没有意识，只会攻击。我在战斗图鉴上看到过，这种生物早就死去了，他们是丧尸。"希尔一边不断击退还在从沙子中爬出的丧尸，一边向努努和皮皮解释。早已经吓傻的皮皮和努努，才慢慢反应过来加入战斗，幸亏希尔这个战斗狂热分子平时爱看各个种族的战斗图鉴，对冒险格斗的知识的了解格外的多。

"地陷术！"

"连环爆炸！"

皮皮和努努联手将一个狼族丧尸击倒，但是让人吃惊的事情发生了，那个丧尸倒下以后像没有事儿一样迅速地又爬了起来。

"回旋踢！"扑通一声，希尔一个转身回旋将丧尸一脚踹到了岩浆河流中去，"这样打，否则我们会被耗死在这儿。"希尔一边将丧尸一脚一个踹到岩浆中去，一边教皮皮和努努如何迅速解决战斗。

皮皮和努努互相看了一眼，决定像希尔一样使出杀手锏。

"地突刺！"一个巨大的尖刺石头从地上猛地弹出，将附近的丧尸都击飞到岩浆中去。

"好厉害，看我的，飞行泡泡！"金黄色的大泡泡慢慢飞向敌人，将丧尸全都包裹进去，然后慢慢飞到岩浆上，啪的一声，泡泡爆炸，丧尸瞬间就被岩浆吞噬。

"神龙摆尾！"砰的一声，希尔将最后一个丧尸踹到岩浆中去。

皮皮、努努和希尔三人背靠背坐在一起，大口大口地喘着粗气。希尔的衣服已经被抓得破烂不堪，身上也浸出血迹，皮皮和努努魔力再次枯竭，身上脸上全是泥土。

"这下应该安全了吧。"努努长长地出了一口气。

"咕——咕——"努努刚说完，岩浆池沸腾得越来越厉害，中间区域似乎有什么东西要慢慢浮现出来。

"努努，你可真是乌鸦嘴啊，上次你说完这句话就跑出来无数的丧尸，这次不知道要出来什么？"希尔看见沸腾的岩浆中又要冒出来没有见过的东西，看样子似乎还是一个活物，希尔的心都提到了嗓子眼上。

皮皮和努努也被眼前的景象吓呆了，不自觉地靠在一起，防止岩浆中的怪物暴起突袭："该不会是我们刚才乱往岩浆中扔东西，吵醒它了吧。"努努看着岩浆呆呆地说。

"吼——"一声吼叫声从岩浆中发出，巨型火焰从岩浆中间喷射出去。

"这个火焰的形状，好像在哪儿见过啊。"皮皮看着旋转着飞向天空的巨型火焰柱。

"听说有起床气的人非常可怕！咱们快跑吧。"努努已经被眼前的景象吓坏了，如此巨大的火焰柱，就算皮皮和努努在状态十分好的情况下都不一定能抵挡得住，何况现在两人已经魔力消耗殆尽了。

"跑！"希尔一声喊叫，努努和希尔赶紧向后面跑去，但是皮皮一动也不动，像是被石化了一样。

"等等，你们看这个火焰柱的形状像不像凯南的螺旋火焰？"皮皮对正在逃跑的努努和希尔说。

"像又怎么样，凯南的螺旋火焰怎么可能会大到如此离谱？"希尔减缓了逃跑的速度，转过身来对皮皮说。

"你们忘了吗？凯南他生气的时候有时会打出超乎寻常的实力。而且凯南就是有起床气啊。谁打扰他睡觉他就会十分生气。"皮皮看到岩浆中模糊的身影似乎就是一只海龟形状的时候更加坚信自己的判断。这时候，已经跑出好远的努努也停下脚步，看着岩浆中的身影。

"好像是啊。"努努也喃喃自语。

"轰！"巨型火焰打到沙子消散开来，四处飞溅的岩浆火花和沙子，慢慢散落在皮皮周围。岩浆中的影子也越来越清楚，一个通体发红的小海龟！睡眼蒙眬的凯南，慢慢从岩浆中走出来。

"凯南！"皮皮第一个尖叫起来，希尔和努努也赶紧跑了过来，天空中的火焰慢慢在四个小伙伴身边落下。逐渐清醒的凯南，揉了揉眼睛看着身边三个泪眼婆娑的小伙伴十分不解地问："你们怎么啦，哈，怎么都哭了，被谁欺负了么？"

皮皮三人你看看我，我看看你。

"凯南，你没事儿吧？"努努一边说一边用手摸了摸凯南的额头，"啊，好烫！你发烧了。"

"我当然没事儿，我一直这样，我可是世界上仅存的会火系魔法的海龟。更何况我刚从岩浆中洗完澡出来。当然烫了。"凯南若无其事地说着，反倒觉得皮皮三人有点儿不太正常。

"别说了，这三天你都到哪儿去了？"希尔问。

"什么？三天了？我，我只是感觉那天晚上这边有个地方仿佛是在召唤我，我就莫名其妙地到这儿来了，然后好像是睡了一会儿。"凯南也摸不着头脑。

"行了，都先别说了。咱们先想办法出去吧。"皮皮看凯南似乎是真的不知道自己为什么到这儿来，也不知道为什么会在岩浆中沉睡。

"出去还不简单，把这些岩石打碎走出去不就完了？"说着凯南向后退了一步。

"螺旋火焰弹！"

"轰——"一声巨响，巨型的螺旋火焰再一次出现，竟然将坚硬的岩石壁打出了一个倾斜的通道，宽度正好能够让皮皮等人从中走出去。皮皮、希尔、努努和凯南都惊呆了，他们从未见过凯南拥有如此的实力，简直已经超越了他们的师傅。尤其是凯南自己，嘴巴都快掉到地上了。

"凯南你这几天是怎么修炼的？"希尔已经迫不及待地询问。三天前的凯南还不是希尔的对手，现在看来，就算希尔没有受伤也挡不住凯南一招。

"我也不知道啊。这几天我一直在岩浆中睡觉，刚才被吵醒之后就觉得力量很充沛。"凯南也觉得自己的力量提高了许多，但是自己也不知道原因。

皮皮四兄弟一边走一边聊，皮皮告诉了凯南他不在的这三天，他们是如何到乌达儿城见到神雕，又是如何跟大祭司一块儿寻找通天塔，现在大祭司又是如何消失的，四人说着说着就走到了地面上，又回到了那个沙漠盆地，只不过当时的血红色的沙子已经消失，那个盆地上已经恢复成普通沙漠一样。

"看，那边似乎有人。"凯南对皮皮说。凯南的听力和视力似乎也得到了加强，皮皮又向前走了几步，才模糊地看到前面的人影。而且不是一个，而是一群！

第六章

东海秘闻

在德鲁斯沙漠的短短几天，皮皮经历了许多事情。与凯南分别再相遇，小伙伴之间的感情都在分离的短短几天不断发酵，难以割舍。他们再次相逢，许多思念的话还没有来得及诉说，就发现新的危机。沙丘另一端，一群黑衣人聚集在一起似乎在商量着什么。而这群黑衣人对于皮皮他们来说却也是老熟人了。

"他们好像是聚集在一块儿商量着什么。"凯南说。

"那个高个子的黑衣人，好像在哪儿见过。"希尔对皮皮说。

"边上的那个是大祭司么？"努努指着最边上的那个人说。

"咱们靠近点，听听他们在说什么。"

皮皮四人都趴在沙丘上静静地看着眼前的一群黑衣人想要看他们在干什么，四人都支起耳朵听黑衣人的谈话，四周十分安静，就在这个时候，"咕——咕——"皮皮的肚子开始叫了，并不是十分大的声音在空旷而又寂静的沙漠上却显得格外响亮。

黑衣人们瞬间安静了，他们停止了谈话，从不同方向向皮皮四人藏着的小沙丘包围过来。黑衣人越走越近，这时，空气中又开始弥漫着一股腥臭的气味。希尔终于想起来在哪里见过这些人。

"屏住呼吸！空气中有毒。他们就是那晚偷袭我们的人！"希尔悄悄对凯南说，然后希尔就从沙丘上站了起来。

"拉威尔，又见面了。"希尔猛地站起来，黑衣人吓了一跳，都停住了脚步。

"呵呵，上次让你们跑了，这次恐怕你们就没那么好运了。"拉威尔还是那个样子，走过的地方都会留下湿漉漉的一摊水迹。

"都出来吧。"拉威尔冲着皮皮等人躲藏着的沙丘说。皮皮、凯南也站了起来。

"哟，都带着伤呢？别怪我胜之不武了。兄弟们，上！"拉威尔大喊一声，四周的黑袍人立刻冲了上来。

"螺旋火焰！"凯南等黑衣人聚集得多了毫无征兆地释放出一个超强的火焰弹，黑袍人还没等拉威尔给他们治愈就被凯南的炽热火焰烧得渣都不剩了。

　　"你，你是凯南？怎么会这么强？"拉威尔看着突然出现的凯南话都说不清楚了。

　　只一招，黑衣人死伤过半，剩下的人一哄而散，拉威尔只会治愈和用毒，想逃也逃不脱。

　　"嘿，皮皮，我就知道你一定会打败他。"拉威尔已经束手就擒的时候，大祭司从远处跑过来，"终于抓住他了，他叫拉威尔，是曾经的龙宫叛逃的领主，他就是偷走我们兽国水源的异族人，没错！"大祭司指着拉威尔说。

　　"你怎么知道？"努努质疑地问。

　　"我，因为我是大祭司嘛。当然是神给我的旨意。"大祭司没有想到皮皮会这么快就从火焰里出来，还不巧发现了自己的阴谋只好讪笑着回答。

　　"你晚上的时候为什么忽然消失了？"希尔还对这件事耿耿于怀。

　　"我，呃，我不小心迷路了。哈，这位就是凯南吧，我说什么来着，我就知道你们会在沙漠中遇见他。"大祭司感觉到凯南身上散发出的魔力十分强悍，刻意讨好。

　　"好吧，先暂时相信你。"皮皮对大祭司说。

"这个拉威尔该如何处置？"凯南问。

"他的哥哥帮助过我们，皮皮你说该怎么办？"希尔说。

"先让他把兽国水源还回去。回到兽国就交给他的哥哥拉希尔发落。"皮皮思索着，他始终想不明白，一母同胞的两兄弟为什么会性格差异如此之大。

"到底是谁指使你来的？如此恶毒。"希尔生气地踹了拉威尔一脚。

"黑巫师，他把我从龙宫召唤出来，还有好几个也是曾经龙宫的领主，只有水系的龙族一脉才能控制水源。"拉威尔看来十分怕死，尽可能多地把自己知道的东西都说出来了。

"龙族还分什么系？"凯南问。

"当然。龙族血脉十分庞杂，各种分支十分多，我只是其中最偏远的一支血脉。"说着拉威尔摘下了自己的黑帽子，也是一只晶莹剔透的乌贼。但是和普通的乌贼不一样，脑袋上泛着些许金光。

"唔，兽国的百姓不能不救，但是安妮也要救啊，多拖一天安妮就会多一分危险。"皮皮低声自语。

"很简单，兵分两路，两个人押送拉威尔回兽国，两个人继续寻找通天塔。"大祭司看出了皮皮的心事。

"唔，也只好这样了。"皮皮看了看小伙伴，"似乎没有什么更好的方法。"

"拉威尔这个人阴险狡猾，我看凯南的实力押送他回兽国一定是十分的安全。"大祭司装作漫不经心地说。

"也只好这样了。"皮皮看着凯南。

"放心。有我在肯定能押送给泰恩！"凯南听到大祭司拐着弯的恭维心情也十分开心。

"哼，还没夸两句又得意忘形。"希尔嘟囔了一句。希尔对凯南太了解了，凯南哪里都好，就是经不起夸奖，每次稍有恭维就会扬扬自得。

"那，让努努陪你一起回乌达儿城一趟吧，正好顺便带来点吃的，我和希尔还有大祭司先慢慢地向前走。你们复制一份地图拿着。"皮皮也对凯南一人不太放心。

漫长的一夜就要过去，黎明的曙光已经出现，早上四点钟的太阳照耀在德鲁斯沙漠，重新聚集在一块儿的四个小伙伴，就这样沐浴在朝阳中又重新踏上新的路程。凯南消失了三天，这三天他一直在岩浆中沉睡。可是凯南在睡梦中并没有那么的惬意，总有一种发自心里的疑问困惑着他。自己到底从哪里来？为什么自己没有父母？黑巫师的那句话究竟是什么意思？

在岩浆中沉睡那几天，凯南仿佛又到了黑暗深渊最底层。独自在黑暗中行走，找不到出去的路，这时候安妮的声音在身后响起。

"你在找什么？"声音还是那么温柔。

"安妮，我一直在找你，由于我的疏忽……"凯南开心极了，他走向安妮，安妮却微笑着慢慢消失。

"因为你，都是因为你，你这只会喷火的海龟，你是个怪物。"凯南再次转过头来，他被一群人包围了，一群来自各个种族的人，他们都在一边指责凯南一边步步向前推进，将凯南包围在中间，压抑的气氛让凯南说不出话来，凯南只能一步步后退，直到自己已经靠在了岩壁上再也没有退路。

"不，我不是，我不是怪物。"凯南大声吼叫着，但是最终还是淹没在众人的讨伐声中。凯南慢慢地低下头，被朝着自己拥来的人群慢慢淹没。

"呼——呼——"凯南猛然惊醒，坐在地上开始大口大口地喘着粗气，自己没有在黑暗深渊，也没有许多围着自己质问和责骂的人。凯南想起来自己和努努要押送着拉威尔回兽国缓解旱灾，已经和皮皮、希尔分别两天了。现在已经到了兽国边境，月色下努努正在呼呼大睡，旁边被绳子绑得像一个粽子似的拉威尔正在转着自己亮晶晶的小眼珠，一看就在打着什么坏主意。

凯南做了个噩梦之后，睡意全无，打量着眼前的拉威尔，一个全身透明、头顶还泛着金色光芒的奇怪八爪鱼，这么一个八爪鱼中的异类竟然是龙族的后裔，简直不可思议。

"喂，你真的是龙族后裔么？"凯南看着眼前的拉威尔，感到有些怀疑。

"当然，我可是有证书认定的，我爷爷的爷爷的爷爷是东海龙王第三十三个儿子的外孙。"拉威尔颇感自豪地对凯南说。

凯南默然，他并不知道龙族，更加不知道龙族还有如此庞大的族谱。凯南拿起一个树枝在地上无聊地画着画。拉威尔的八只手在背后不断地来回蠕动，六个爪子已经从绳子中间挣脱出来，就在马上就能悄悄溜走的时候，凯南却醒了，拉威尔只得暗自叫苦，这小子心事太重，一点迷迭香应该能让他像旁边的努努一样昏睡一晚上，没想到竟然被自己的噩梦惊醒。

"喂，你动来动去地在干吗？是不是想要逃跑？"凯南抬头看着拉威尔一直在不停地扭动自己的身体就大声地喝问。

"没，没有。我在挠痒痒，挠痒痒。"说着拉威尔伸出一个触角在自己身上不断地蹭来蹭去。

"那么，您看起来也不像普通海龟，不知道您是什么血统？这么强大的力量一定是尊贵血统吧？"拉威尔赶紧转移话题。

"我，我不知道。"凯南听到这个问题，立马选择回避，他不知道怎么回答，而且也真的不知道自己究竟是什么血统，自己打小就在孤岛上跟随自己的两位师傅长大，压根就没有见过自己的父母，更不要谈什么血统。

"我看啊，你这么强大说不定也是龙族！"拉威尔一边讨好凯南一边继续试图挣脱绳子。

"龙族？"凯南从来没有想过这个问题，在他以前的脑海里世间种族压根没有高低贵贱之分。

"龙族的血脉十分庞大，海洋中百分之七十的生物都或多或少跟龙族能够扯上点儿关系。"拉威尔继续忽悠着凯南，"对了，我这儿有我们龙族血脉检测的装置，能够帮你测试一下，我看你就是龙族人，应该是龙族中的，呃，对了，最远古的龙族血脉，噬火龙龟！"拉威尔夸张地说着，其实已经在另外两只触手上暗自藏了毒药，只要闻上一口就能让人魔力尽失。

"嗯？"凯南被拉威尔的话打动了，也许自己真的是尊贵的龙族血脉呢？凯南从来没有想过这个问题，凯南想要去测试一下，但是又怕这个狡猾的拉威尔暗中搞鬼。

"来嘛！测试仪就在我的口袋里，你自己来拿。我又不会暗中搞鬼。"拉威尔看出凯南的犹豫，再一次发出诚恳的声音邀请凯南。

凯南终于没有抵挡住拉威尔的诱惑，长久以来一直存在
凯南心中的暗伤，自己是一个海龟中的异类，海龟们觉得自
己可怕，其他种族觉得自己滑稽。一路成长除了皮皮几个小
伙伴以外，自己经历的只有嘲笑和责骂。以至于在将要封印
黑巫师的紧要关头自己都会因为这个问题分心，而导致安妮
被抓。

　　"就在这个口袋，就在这儿。"在拉威尔的指挥下凯南不
断靠近。凯南找了半天什么都没有。

　　"就在这儿，你瞧。"凯南刚一抬头，早已藏在拉威尔手
上的药粉已经铺天盖地地撒了过来，凯南的视线中只剩下模
糊一片。

　　"咳咳咳！"凯南被拉威尔丢出的毒药呛得连着咳嗽了
好几声，但是一点事儿都没有，魔力依然充沛，他伸出手紧
紧抓住正在奸笑的拉威尔的脖子。

　　"竟然想害我！你怎么知道我对花粉过敏？咳咳。"凯南
一边咳嗽得睁不开眼睛一边对拉威尔说。

　　拉威尔试图挣脱凯南抓着自己脖子的手，但是用尽力气
丝毫不能挣脱一点儿，被吓傻的拉威尔看着被消魔粉和软骨
粉同时击中的凯南，除了被猛地吸进几口的毒药呛得咳嗽两
下以外，似乎什么事儿都没有。拉威尔自从开始干邪恶的勾
当以来，用这一招从来没有失手过，但凡吸进一点儿毒药的

人都会魔力尽失，手脚无力，任凭拉威尔宰割，但是今天，凯南不但毫不受影响，似乎双手还更有劲了。拉威尔心中一凉，因为世上只有一种人是不受自己毒药影响的，但是那种人只存在于传说，自己从来没有遇到过。

"你的绳子怎么解开的？"缓过劲来的凯南看到拉威尔的八只手都在掰自己抓着他脖子的手指头。听到这句话，拉威尔赶紧将八只手都藏到自己的身后，满脸堆笑。

"我……我只是开个玩笑，哈，哈哈，哈哈哈。"拉威尔对凯南讪笑着，"您，您觉得您现在魔力充沛么？"

"哈啊！"凯南侧着头喷出一个巨型火焰，火焰球擦着拉威尔的衣服飞了过去，炽热的温度没有碰到拉威尔就已经将他的衣服点燃，然后凯南伸出另一只手将拉威尔衣服上的火苗按灭。凯南看着一脸惊恐的拉威尔说，"魔力十分充沛，先生。"

"尊敬的凯南先生，您一定要听我说，您就是远古的龙龟血脉，跟龙王是嫡亲，我这次真没有骗你，我也是因为海底太乱才出来讨口饭吃……我……我……您……"拉威尔看着凯南脸色越来越不好，以及凯南脸上不怀好意的笑，拉威尔已经不知道该说什么了。

"啊——哦——救命——"一阵乒乒乓乓的声音响起，伴随着拉威尔的惨叫声，太阳慢慢地爬上来。

过了许久，惨叫声才逐渐停下。

"哼，骗了我一次还想骗我第二次！我看起来那么容易被骗吗？"凯南看着被揍得鼻青脸肿的拉威尔说。

"我这次真没有骗您，您就是传说中的龙龟，海洋需要您来拯救……"拉威尔趴在地上可怜兮兮地看着站在旁边的凯南。

"你还说！我真的看起来有那么蠢吗？"凯南又伸出手要揍拉威尔。

"我错了，我错了。我卑鄙，我无耻，我刚才想逃跑，被英明神武的凯南大人发现了。"拉威尔赶紧讨饶。

"哼哼，还有呢？"凯南脸上写满了开心，还故意问拉威尔，要拉威尔再说两句类似的话。

"还有？还有……还有我撒谎说您是龙族血脉被机智勇敢的凯南大人识破了。"拉威尔眼珠一转，试探地说。

"哈哈，算你识相，就饶你一命。"凯南十分开心，得意扬扬地看了看努努，想向努努炫耀一番刚才的事情，但是努努还在呼呼大睡，凯南怎么叫都叫不醒。凯南满脸疑惑地看向拉威尔，"是不是你搞的鬼啊？"

"不是，不是。"

"嗯？"

"是，是，是，我这里有解药，他只是睡着了，您饶了我吧。"拉威尔看着凯南阴沉的脸说话已经带着哭腔了。

一路上拉威尔虽然诡计多端，但是却在凯南强大的武力面前丝毫不起作用。凯南虽然明知道拉威尔的话带有欺诈的成分，但是心中还是对自己的身份产生了无限的畅想，自己如果真的是龙龟多好啊。就这样带着这份畅想，凯南、努努押送着拉威尔再次回到了兽国首都乌达儿城。

"嗖——嘭——""呜——呜——呜"

兽国的首都乌达儿城，烟花齐放，号角长鸣。

"现在让我们一起祝贺我们的英雄，凯南和努努，当然还有未曾到来的皮皮、希尔和安妮，他们将永远是我们兽族最尊贵的客人。"兽王泰恩在乌达儿城中间的广场上向凯南和努努举杯示意。

"小意思。这是应该的。哈哈哈。"凯南坐在广场上，下面是数以万计热烈欢呼的群众，旁边是赞不绝口的夸奖，凯南从来没有享受过这种待遇，心情十分愉快。

"咱们快点儿赶回去吧，这里的事儿就交给泰恩处理吧。皮皮他们还不知道怎么样了。"努努悄悄用胳膊碰了碰凯南。

"不着急，来得及。万一拉威尔还要耍花招可怎么办？"凯南高兴的样子溢于言表。

"下面，我们把罪魁祸首带上来！"旁边的虎将军穿着金盔金甲，一脸威严地说。

"带上来！带上来！"下面的群众已经群情激愤，不断叫嚷着。

两个魁梧的金甲战士将拉威尔押了上来，拉威尔没有理会广场上叫嚷的群众，也没有理会坐在王座上威严的神雕，只是盯着扬扬得意的凯南不停地细细打量，这只变异海龟，拖着一条火红色尾巴，能够掌控火系魔法，而且百毒不侵。这所有的特征都太符合海洋的传说。

"审讯开始！"豹将军尖厉的声音响起。所有的声音都逐渐低了下去。

"你为什么窃取我族的水源，如果没有理由，你将会被依法处死！"大象法官坐在侧面的审讯席开始审问。

"我只是迫于无奈。我有自己的苦衷。"拉威尔低声申辩。

"嗨，别听这个狡猾的家伙瞎说。只要打他一顿他什么都会招的，对吧，伙计们？"坐在神雕旁边的凯南高声地向广场上喊话。

"对！就是这样！"

"不愧是我们的英雄！"

广场上的民众更加倾向凯南的想法。民众的呼喊和赞扬又一次让凯南心满意足。

"咳，我们的英雄，您说得对，但是我们还是要听听嫌疑人的说法，在兽国，我们要保证每个人的言论权。"大象法官一边向凯南示意，一边继续审讯。

凯南脸红了一下，有点尴尬，不好意思地挠了挠头。

拉威尔将自己的身体转向凯南继续叙说。

"我来自东海，是龙族的旁系。"广场上的民众听到龙族一片哗然，"东海一片混乱，杀戮不断，我被追杀的时候，黑巫师救了我，我在黑巫师的授意下窃取兽国的水源。"

"又是黑巫师！"兽王泰恩听到拉威尔的叙述不由得握紧了拳头。

"而且，我的龙族血脉被黑巫师封印了。想要恢复兽国水源恐怕只能寻找另一位血脉更为纯正的龙族后裔了……"拉威尔一边说一边瞟向凯南。

"去哪里能找到具有龙族血脉的人？"大象法官继续询问。

"远在天边，近在眼前。如果我猜得不错，凯南大人就是传说中的噬火龙龟。"拉威尔话音刚落现场唏嘘一片。

"什么是噬火龙龟？"

"据说是龙神血脉，具有强大能力的龙族。"

凯南也有些震惊，他一直以为这些话只不过是拉威尔想要逃跑的诡计。没想到拉威尔到了这个生死关头还敢说这样的话。

"不准胡说！"凯南有些发怒，他仍旧认为拉威尔是在嘲弄自己。

拉威尔丝毫没有惧怕，抬起头目光虔诚地看着凯南："请凯南大人拯救海洋世界！"

所有人都安静了，目光又聚集在凯南身上。

凯南不可思议地看着拉威尔："不要又跟我说什么龙族后裔。我不信！从小我就是一只海龟，一只变异的海龟，低人一等的海龟，你不用拿什么龙族来唬我，我知道自己的身份，我没有父母，我……"凯南越说越激动。

"嗡！"凯角忽然觉得自己的脑袋受到一阵冲击，不由自主地坐了下来，广场上所有兽族人都安静地听着，凯南的突然停止让兽族人都面面相觑，神雕看凯南面色不对，伸手搀扶了凯南一下。

拉威尔也赶忙转身看向远处——德鲁斯沙漠的方向，然后全身不由自主地跪伏在地上，拉威尔的表情精彩极了，震惊、喜悦、难以置信，拉威尔的面部肌肉已经开始不断震颤。整个兽国广场所有人都没有异样，唯独凯南忽然晕厥，拉威尔跪伏在地上浑身颤抖。

半晌，凯南逐渐醒来。

"龙王！龙王的震怒！你感觉到了吧？你也感觉到了！！"仍然跪伏在地上的拉威尔看着醒来的凯南，口齿不清地不停念叨着。

"这是怎么回事儿？"凯南已经感觉好多了，但仍然感觉德鲁斯沙漠方向有种巨大的威压，让自己有些喘不过气。

"五百年了，龙王回来了！你是龙龟，噬火龙龟！只有龙族的血脉才会感觉到龙王的威压！"拉威尔似乎已经有些神志不清了，只是反复念叨着这几句话。

"那个方向，正是通天塔的方向！"努努十分焦急地说。

"一定是皮皮他们出了什么事儿了！我们必须马上赶过去。"凯南对神雕说。这么突如其来的威压一定有什么变故，龙族？龙王？龙龟？不管怎样，皮皮、希尔可千万不能出事儿啊。凯南一下接收到如此多的信息，还有点儿反应不过来。

"风骑士！"神雕大喊一声，随后虎将军一声尖厉的口哨响起，一个长着巨大翅膀，面目像是蝙蝠一样，像兽族又像是翼族的人从天而降。

"翼族的使臣，奎克先生。他能带你们迅速赶路。"神雕对凯南和努努说。

"先生们，我最多只能负重两人，不知哪位有急事？"奎克说着就张开了自己巨型的翅膀，一股小旋风在祭坛边上升起，旁边的民众被风吹得都眯上了眼睛。

"没时间解释了，快出发吧。"神雕向凯南和努努示意。奎克先生的翅膀猛地挥动，旋风升起，在兽族人的注视下，奎克载着凯南和努努向通天塔的方向迅速赶去。

第七章

～ 通天之塔 ～

话分两头。当凯南和努努押送着拉威尔回到兽国的时候，皮皮和希尔也和大祭司踏上了寻找通天塔的路。

一路无话。穿过沙漠，又进入了一处茂密的森林。地形上略微有种上坡的感觉，皮皮总觉得这个地方似乎来过，却又一时想不起。大祭司也不再看地图，在前面轻车熟路地带着皮皮和希尔一直向前走去，像是走在自己家后花园一样。马上走到森林尽头的时候，大祭司不知为什么，忽然加速，跑了起来。皮皮和希尔互相看了一眼，立马加速跟上，从两个人的眼神交流中就已经互相传达了一个信息，"大祭司有古怪"。但是为了避免横生枝节，两人还是紧紧跟上，虽然没有说什么，但已经在心中对大祭司暗中防备。

"到了。"大祭司猛然停下，已经跑出了森林，到了一处山崖上，身后是茂密的森林，眼前一处断崖。皮皮和希尔看见眼前的情景，难以置信的表情浮现在脸上，如果不出意外断崖下面就是一个幽暗无边的深渊。

"黑暗深渊……"皮皮和希尔一个喃喃自语，一个歇斯底里，没有想到自己苦苦追寻三个月又回到了起点，三个月前，在此地一场大战，黑巫师带着安妮消失在黑暗深渊，兄弟四人开始夜以继日地寻找，几乎走遍了整个大陆，没有任何结果，只能将希望寄托在祈求星月神族的帮助，没想到兜兜转转三个月的时间，又回到开始的地方，三个月来寻找的痛苦、等待的焦急全部涌上心头。

"不对。"皮皮擦了擦将要流出的泪水对希尔说，"你还记不记得三个月前咱们已经将这个山崖附近翻了个底儿朝天？"

"这儿根本没有通天塔，这儿是黑暗深渊！"希尔猛然醒悟。

两人已经摆好攻击姿势，皮皮和希尔认为，大祭司一定跟黑巫师有着千丝万缕的联系，说不定就是受黑巫师指示，骗他们到这儿来，因为这儿根本就没有所谓的通天塔。

"我们来过这儿，我们找过无数遍这个山崖，根本没有通天塔！"皮皮冷静地对大祭司说。

"有的，有的。我来过，那个时候我记得通天塔刚刚建成，还很新，像是一个供奉神的宫殿，直通天国，但是……"大祭司没有理会摆出攻击姿势的皮皮和希尔。头都没回，只是在喃喃自语。大祭司的情绪也有些低落，皮皮和希尔安静地听大祭司自言自语，后面的话皮皮没有听清，只见大祭司情绪已经有些崩溃，竟然蹲在地上像是在低声地哭泣。

皮皮和希尔又相视一眼，眼前的情况有些让人摸不着头脑，不知道大祭司究竟是什么人，看样子通天塔似乎对大祭司也是同样重要的东西。

"喂，你确定你没有带错路？要不要拿出地图再看看？"皮皮小心翼翼地问正蹲在地上的大祭司。大祭司听到皮皮的话猛地站起来，拿出那个地图，慢慢打开，绿色的光芒从地图上散发出来，大祭司看也没看，只是拿着地图举着，一会儿对着天上，一会儿对着地下，一会儿对着幽暗深渊，但是什么都没有发生，大祭司像是已经癫狂了，皮皮和希尔说什么大祭司都不答应，折腾了许久，将要正午时分，大祭司终于放弃了，将手中的魔法地图狠狠地砸向通往黑色深渊的黑色水晶柱上。

这时，天上的太阳格外刺眼，皮皮抬起头，看到太阳似乎变大了无数倍，将要从天空落下砸向自己似的，正好是正午时分，太阳直射在黑色水晶柱上，炽热的阳光形成一个可见的巨型光柱照射在大祭司刚刚丢下的魔法地图上，地图上的绿色光芒即刻收敛进去，迎来太阳光照射，天空中嗡嗡作响，声音越来越大，吵得皮皮和希尔赶紧用手捂住耳朵。

而这时，颓废的大祭司却慢慢站起来，看着天空的异象，眼睛似乎已经冒出了绿火，声音颤抖着说："通天塔！通天塔！"

天空中的轰鸣声慢慢消失，紧接着是"咯噔""咯噔"的响声，像是陈旧的齿轮缓缓转动的声音，太阳光正在慢慢消失，取之而来的是云丛中慢慢扩散的阴影，随着"咯噔"声越来越快，终于云彩中间缓缓降落一个木石结构的建筑，像是被人用什么东西吊在云端，触发某处机关就能缓缓将其落下一样，这个建筑逐渐露出它的样子，主体是巨大的石头，中间布满了木质的浮雕，底端的雕塑是大陆上的各个种族，他们似乎是在劳动。那个巨型的建筑越往下落，上面的浮雕就越少，上面的浮雕像是猴子，只不过他们似乎正在跪拜。再往上，浮雕是神，各种各样的神族，但是神族似乎也在朝上跪拜着。通天塔的塔身已经淹没在云层中，再往上浮雕雕刻的是什么已经从山崖上看不见了。从天而降的通天塔显得有些残破，但是十分庄严，这座塔正好落在通往黑色深渊的黑色水晶柱上，两者竟然完全契合。

"通天塔！这就是通天塔！"皮皮和希尔激动地看着从

天而降的巨型建筑，反观大祭司似乎心情平复了许多。相当镇定甚至带些虔诚地仰着头慢慢一步一步踏上充满沧桑感，略微有些破碎的台阶。十几级台阶，走上去是一个魔法阵，闪耀着蓝色的光芒。大祭司率先走上去，身影闪烁一下就消失不见，皮皮和希尔只得跟上。……

"咯噔，咯噔""嘀嗒，嘀嗒""噜，噜，噜"

皮皮和希尔睁开眼睛，被眼前的景象吓了一跳。到处都是巨大的齿轮在缓慢地运作，轴承连着轴承，齿轮连着齿轮。只有中间一个个相隔一段距离的巨大木桩，像是一条路，一直向上曼延，直到皮皮视野之外的黑暗处。

皮皮和希尔一边小心翼翼地向前走，一边暗自惊叹。这是多么巨大宏伟的工程，如此的复杂，这要比兽国的乌达儿城或者极地国的都城精妙几百倍。兽国的都城，完全是由巨大的石块堆砌而成，而极地国稍微精致一点，多了些冰块和浮雕。但是对比眼前通天塔的纯机械构造，那两个城池简直就像是小孩子过家家堆建的小土堆一样。

相对于皮皮和希尔，大祭司像是对眼前的奇观已经司空见惯，简单扫视一眼就向前走去，身体十分轻盈，轻轻一跃，踏着处在各种齿轮中间的木桩，一点一点地慢慢向上爬去。

"这个大祭司一定有古怪！"希尔一边跟随大祭司一边

对皮皮悄声说着，"你看他轻盈的脚步，可一点儿不像没有魔力或者体术的人。"皮皮没有答话。

"还有上次在火焰沙漠的时候，他和那个狡猾的拉威尔待在一起。更像是在密谋着什么。"希尔看皮皮没有反应继续说着，声音稍微有点儿大。

"嘘！"皮皮赶紧对希尔做一个噤声的手势。

"你还记不记得那个关于德鲁斯沙漠的传说？那里曾经覆灭过一个国度。精通科技的国度！"皮皮悄声对希尔说。

"啊——你是说……"希尔还没来得及说出后面的话，就被皮皮捂上了嘴巴。

"先不要说出来，有可能会激怒大祭司。咱们先跟着看看再说。"皮皮看到希尔心领神会的眼神，慢慢松开捂住希尔嘴巴的手，两人继续跟着大祭司一点点在木桩上跳跃着前进。大祭司完全没有理会跟自己保持着一段距离而且在不停窃窃私语的皮皮和希尔，只顾自己迅速地向前走着，似乎前面有着什么重要的事儿在等待着他。

"啪！"希尔一只脚刚落在木桩上，脚下的木桩竟然猛地向下陷进去一大截，希尔一脚猛地踩空，从木桩上直直地掉了下来。

"啊——"眼见希尔就要从木桩上跌落，被下面无数个高速转动的齿轮所吞噬。

"飞行泡泡。"皮皮瞬间释放出一个巨大的飞行泡泡，也从木桩上飘落下来，但是飞行泡泡的速度比较慢，尤其是刚开始起飞的时候，根本赶不上希尔跌落的速度。

　　"咔嚓！"一截木头已经掉在了齿轮里，瞬间就被绞成木屑飘了出来，希尔看见自己距离高速旋转的齿轮越来越近，不由得闭上了眼睛。

　　"嗖"一声划破空气的声音在希尔耳朵边上响起，希尔停住了下落，希尔圆圆的脑袋距离旋转的齿轮不过十几厘米远，看着眼前的情景，希尔脑门上的汗已经"吧嗒"地滴在齿轮上摔成了好几瓣儿。

　　"小鬼，你可不能死在这儿。"大祭司阴沉沉的声音响起。希尔这才顺着声音看去，大祭司黑色宽大的袖子上有一根绳子一直绵延到自己身边，另一端是一支钢箭牢牢地插在另一根柱子的底部，绳子从希尔腰带中间穿过。毫无疑问，大祭司救了希尔。只不过大家都没有想到大祭司竟然有如此可怕的实力。希尔又看了看插在木桩上的那一支箭，已经将木桩穿透。希尔脑袋上的汗水更多了，如果刚才那支箭不是插在木桩上而是射中自己，想必自己肯定承受不住吧。

　　皮皮也是一脸惊诧。一直以来，大祭司都在不断示弱，两人都不知道大祭司竟然有如此可怕的能力，也许这只是大祭司能力的冰山一角。皮皮小心翼翼地救起希尔，"嗖"一声，那支箭已经收回到大祭司袖子里面，速度竟然快到皮皮和希尔两人都没有看清。

"年代久远。前面的木桩有可能会有些松动，你们两个小心点！"大祭司冷冷地说完就跃向下一个木桩继续赶路了。皮皮和希尔这才意识到，一路上那个吹牛、胆小、不靠谱的大祭司都是眼前这个冷酷危险的人所伪装的。但是已经到了这儿，似乎已经没有了退路，皮皮将自己和希尔胸前都加持了一层魔法护盾，只得硬着头皮继续跟着大祭司前进。

"我们到了！"大祭司率先从木桩上跳下来，眼前是一片空地。此处已经听不到机械的运作声，也很少看到齿轮或者转轴这些东西。这个地方像是一个演武场或者操场，地板是坚硬的石块，地上坑坑洼洼像是遭受到攻击留下来的痕迹。皮皮和希尔接着从木桩上跳下来，但是始终跟大祭司保持一定距离。大祭司看到皮皮两人对自己抱有戒心，却丝毫不在意，好像这通天塔中的一切事情都在他的掌控之中。

"吧嗒吧嗒！"大祭司在前面的脚步声在这个空旷的广场上不断回响。

"前面有危险，你们小心些，不要在这儿丢了性命。"大祭司说完带些嘲讽地轻声笑了笑。皮皮心中虽然十分不爽，但是只能更加小心，没有其他办法。希尔脸都憋红了，几次想发作，但都忍住了。

"咯噔""咯噔"，大祭司刚说完，三人所站的地面开始轻微地晃动，地面上凸起许多石块儿，将地面开出一个个大口子，里面漆黑一片。皮皮和希尔背靠着背，随时做好战斗的准备。大祭司十分淡然，慢慢地将自己的一个袖子剪下，一直浑身以黑布包裹的大祭司终于第一次露出自己的身体，皮皮和希尔虽然一边费心防备着，但还是对大祭司感到好奇，不知道这神秘的黑袍子下究竟是什么样的一个怪物。

大祭司左半边袖子被扯下来了，竟然没有肌肉和皮肤，一条手臂包括手指都是泛着寒光的金属。

"轰轰！"皮皮和希尔还没有来得及惊讶，地面上漆黑的洞口已经传来了令人感到可怕的轰鸣声。地板也随着这种声音一点一点颤动着，看样子应该是大家伙。皮皮已经聚集许多泡泡，只等敌人一现身就全部丢出去，取得一点先机。

就在皮皮和希尔紧张地等待敌人出现的时候，地洞中的声音忽然停止了。

"一切还是老样子。嗝。"大祭司冷冷地说出这句话，然后就开始快速地奔跑起来。

"噌——噌——噌。"

大祭司刚开始快速跑动起来，黑洞中发出一道道寒光。无数把匕首、飞刀从漆黑的洞口中发射出来。皮皮和希尔瞬间就被从四面八方飞来的暗器包围，皮皮和希尔之前布置的攻击招数不但没有丝毫效果，反而慌乱中伤到了自己。第一波攻击下来，希尔和皮皮身上已经伤痕累累。

反观大祭司，由于一直在进行快速S形移动，这些暗器全都钉在大祭司身后的地板上。"这些东西还真是教条啊，也只有对付你们这样的弱者才会有效果吧。"大祭司看着狼狈的皮皮和希尔十分得意地说着，"接下来你们躲在墙角休息吧，我会摆平剩下的事情，别在这里伤了你们宝贵的性命。"说完大祭司已经开始膨胀地笑了起来。

"我们只是没有防备！才不用你照顾！"希尔冲着大祭司大声吼叫着。

"哼，那你们小心了。"大祭司还没有说完。从地面上的洞口中走出一个个浑身钢甲的战士，个个都比皮皮、希尔的体形要大一倍，看起来力大无穷，而且浑身上下没有肌肉和皮肤。似乎没有意识，更像是被什么东西操控着的傀儡。

"泡泡爆炸。"

"无影脚！"

"嘭！"皮皮和希尔的招式全都命中其中一个傀儡，强烈的爆炸过后，灰尘淹没了巨大的傀儡，皮皮和希尔在旁边大口大口地喘着粗气。

"成功了？"皮皮疑惑地看着希尔。

"应该吧。"希尔对自己刚才瞬间的爆发还比较有自信。

"哔——哔——"灰尘中两束红色的光线射出来，直接击中希尔。

"啊——"希尔惨叫一声，肩膀已经被红色激光洞穿，血液从肩膀上缓缓流出。

飘荡的灰尘逐渐落下，钢铁傀儡身体已经被皮皮和希尔的联合攻击给炸掉了一大块，但是仍在不断地向皮皮逼近，眼睛又开始变红，将要继续发出红色光束对皮皮两人进行攻击。

"小鬼，滚远点儿，别死在这儿了。"大祭司说话间从自己的钢铁手臂中发射出一支巨大的弩箭，将眼前的钢铁傀儡的脑袋打穿。

"嗡……嗡……"钢铁傀儡发出两声响动就轰然倒地，再也没有爬起来。

"不管怎样，还是谢谢你。"皮皮略带感激地看了大祭司一眼就抱着希尔退到一边。

"不用谢，待会儿，你们还是会死的。"大祭司只冷冷地说了这句话，然后一个翻滚躲过另一个傀儡的攻击，伸出那只机械手臂，又一箭将另外一个机械傀儡爆头。

"可恶！"希尔按住胸前的伤口气愤地说。但是又无可奈何，广场上还有十几个钢铁傀儡。大祭司像是切菜一样，三两下解决一个，而皮皮和希尔两人合力都无法打败一个，还被傀儡重伤。皮皮此时觉得自己像是一块放在案板上的肉，只能任人宰割。

"轰——"最后一个钢铁傀儡被大祭司放倒。

"走吧，小朋友。我们要到家了。"大祭司向皮皮两人走过来。

"不愿动么？现在可由不得你们了。"大祭司看着没有反应的两个人，举起自己的机械手臂声音略带威胁地，慢慢逼近两人。

"趁现在！"皮皮低吼一声。受伤的希尔不顾伤口还在流血，一跃而起，双手扣住大祭司的那条机械手臂。

"泡泡爆！"随着皮皮一声喊叫，一串泡泡向大祭司飞来。

"嘭！"泡泡爆炸了，但是距离大祭司还有很远。

"哼哼。真是小孩子的把戏。"说着大祭司那只机械手臂使劲一甩，希尔又被扔到皮皮身边。大祭司身上的袍子慢慢燃烧起来。皮皮和希尔两人充满不甘，但是不久就被震撼所取代。

大祭司身上的袍子一会儿就燃烧完毕，他的身体竟然和刚才击倒的许多钢铁傀儡是一样的，只不过，大祭司的眼睛是绿色的，除了一只手臂是机械的另一只手臂却是透明的，里面五颜六色像是液体一样的东西一直在不停流转。

"泡泡飞行！"大祭司用另一只手臂竟然释放出了皮皮的招牌魔法！！一个金色的泡泡从大祭司的右手中缓缓飞出，慢慢飘向皮皮和希尔两人，将两人慢慢包裹进去。

"这！！！"皮皮和希尔已经震惊得说不出话来。

"不要问了，马上你们就知道了。我答应在你们死之前会告诉你们真相，让你们死得明白。哈哈哈——"大祭司一只手操控着泡泡向前走，一边狂妄地笑着。

大祭司的笑声回荡在空荡的通天塔内，伤痕累累的皮皮以及希尔被装在大祭司的飞行泡泡中动弹不得。凯南和努努还在赶来的路上，小伙伴们的通天塔之行异常凶险，前面还会发生什么都不得而知。

第八章

龙神再现

皮怎么也没有想到，他们所苦苦追寻的通天塔竟然是当年科技国的遗迹。更让他们没有想到的是跟随他们一起寻找通天塔的人，是当年科技国的遗民。而皮皮跟黑巫师展开大战的黑暗深渊就是通天塔的底部。在黑暗深渊的那场战争重新唤醒了大祭司，再次激起了他攻占星月神国的野心。

"浑蛋！放我们出去。"被大祭司困在泡泡内的希尔大声喊着。

"别急，过会儿就会放你们出去，我尊贵的希尔少爷。"大祭司对希尔的谩骂毫不在意。

"真虚伪，一路上还伪装成老好人。"希尔没好气地说。

"想必您一定来自德鲁斯沙漠中那个逝去的国度吧？"皮皮也放弃了从大祭司的泡泡中挣脱出来的想法，开始和大祭司攀谈起来。

"不错。你真是个聪明的小家伙儿，如果不是预言中的孩子我还真舍不得杀掉你。"大祭司这时已经带着皮皮和希尔走到了广场的尽头。前面是十分高的岩石墙壁，大祭司站在岩壁前，稍微等了一会儿，墙上就自动打开一个空间。从这个像是箱子似的空间里面，能够看到外面的景象，大祭司缓慢走进去之后，墙壁里的箱子就开始缓慢向上升起。

"您对这里很熟悉，想必早已来过了吧？"皮皮看着大祭司熟练的动作。

"不不不，我也是第一次真正到这儿来，我之所以对这儿如此熟悉完全是托你们的福。"大祭司的话让皮皮陷入了沉思。

"关我们什么事儿？"希尔当即对大祭司反驳。

"是……在燃烧的沙漠的时候！"皮皮恍然对希尔说。

"不错！在乌达儿城我确实没有任何能力，在燃烧的沙漠多亏你们拖住丧尸兵团，我才顺利拿到现在的能力，以及逐渐恢复的记忆。所以还是要感谢你们的。"大祭司说话间已经登上了石壁的最高层，眼前像是一个宫殿的巨型建筑，朱红色大门不知道由什么材质构成，似乎十分沉重，隐隐还有一种威慑力从大门的另一边传出。

"拿？你的能力是拿到的？"皮皮一方面对大祭司的话感到震惊，另一方面发现了大祭司的命门所在。

"能力怎么能够拿到呢？你骗人。"皮皮想要从大祭司口中套出他能力的来源。

"告诉你也没有关系。小家伙，因为经过这扇门，就是你们生命的终结。"大祭司看了一眼皮皮，仍然毫不在意地说。听到这句话，皮皮和希尔朝眼前的大门看了一眼，距离那扇门不过几百米的距离，走过去最多也就几分钟，皮皮的额头上已经开始出汗。

"那片沙漠是当年的科技国的试验场！曾经最高端的科技都在那里，我只是在那儿找到了一个完整的没有被损坏的芯片，放在自己身体里面而已。"大祭司一边对皮皮说着，一边向前走，"只不过，五百多年过去了，芯片似乎有些老化，所以我获得这些能力耗费的时间有点儿长而已。"

"还有什么要问的么？"说着大祭司已经走到了朱红色的大门门口，"我还可以再回答你们一个问题。"

"有，有，请问你那个芯片在哪儿啊？怎么放进去的？"希尔听见大祭司的话赶紧发问。皮皮听了希尔的问题双手扶住了额头，表示很无奈。

"哈哈，你要有本事再把我踩在地上，让我没有反抗能力，我就告诉你。"大祭司被希尔的话逗笑了，"好了，准备上路吧，死之前，让你们见识最后一个奇观！"

"等等！"皮皮大声打断了大祭司，"您没有回答希尔的问题，所以不算数。"

"嗯？你想问什么？"大祭司饶有兴致地看着皮皮。

"请问，您为什么要杀我们？"皮皮眼睛紧紧地盯着大祭司，"我想不会仅仅是因为希尔曾经冒犯过您吧？"

"哦，这真是个好问题。"大祭司听完皮皮的话，停住了脚步，眼睛泛着绿光然后又黯淡下去。像是陷入了沉思。

"因为，我要复国。"大祭司看着泡泡中的皮皮和希尔，"我的国度在五百年前覆灭了，本来应该消失于大陆的国度。但是三个月前，我却复活了，我的灵魂被一个叫黑巫师的人释放出来。他告诉我将五个预言中的孩子，在通天塔中血祭，就能释放出所有被关押的灵魂，让我们重新回到这个世界！"大祭司越说越兴奋，已经陷入了癫狂。

"一定是黑巫师骗你的！他是五百年一次的黑暗轮回……他是大反派……"希尔听到这件事儿感到十分气愤，果然是黑巫师搞的鬼。"又是三个月前？"皮皮这时候却想到的是这个问题。

"不，他没有骗我。因为，在五百年前，我们国家的所有战士，就是牺牲在通天塔内。灵魂在通天塔里面羁押着，就在眼前的这座大门中。"大祭司语气越来越激动，伸手就要推开眼前的大门，皮皮和希尔死死盯着大祭司，大祭司双手已经按在大门上，但是又停了下来，转过头对皮皮说，"对了，我之所以能够复活，就是用你们的小伙伴安妮的灵魂置换出来的。"

"你！！"皮皮和希尔听到这个消息后伤心、恐惧、气愤，五味陈杂，但是面对眼前强大的大祭司又毫无办法，两人虽然已经筋疲力尽但是还在泡泡里面不断挣扎着。

大祭司将左手那个机械手臂放在大门旁边的孔上，一把钥匙从机械手臂中伸出来，"咔嚓"一声清脆的响声，大祭司手上的钥匙缓慢转动，朱红色沉重大门发出嘶哑的声音，皮皮和希尔虽然心中十分愤怒，还是对大门里面的世界感到十分好奇。

朱红色大门缓缓打开，里面一阵强风吹来，大祭司缓慢走了进去，右手的手臂操控着困在泡泡中的希尔和努努。

皮皮抬头看去，整个宫殿空空荡荡一个人都没有。宫殿内部是一个方形的空间，四面墙壁上分别有四个不同的通道，其他三个通道较为狭窄，正对着操控台的通道十分宽大。圆形的屋顶，墙壁不知道是用什么做成的，上面布满各种按钮，红色、绿色的按钮还在不停地发光。正中间有一个台子，上面是一个巨大的操控台。正中间是一把奢华的金色椅子，皮皮和希尔对这个地方感到十分的新奇，同时也感到十分阴森和压抑。

"嗒！""嗒！"整个大厅只有大祭司一个人的脚步声在不断回荡。

"出来吧，战士们！"大祭司对着眼前空旷的屋子大喊一声，"出来吧——出来吧——""战士们——战士们——"大祭司的声音在不断回荡，从中间的大殿中扩散到各个通道中间去。

"呜——呜——"伴随着大祭司的声音，一个蓝色的影子慢慢从边上的一个通道慢慢飘出来，皮皮对眼前的东西感到十分好奇。"这是什么？"皮皮悄声问希尔。

"一般幽魂，攻击力零，控制力零。他们攻击不到我们，我们也攻击不到他们。但是强大的幽魂有可能会带来威压。"希尔缓缓说道。对于战斗的事情，希尔始终十分狂热，就像皮皮对于吃。

希尔还没有说完，一个又一个蓝色幽魂从旁边的三个通道中不停地飞出来，无穷无尽一般。这些幽魂不时地发出"呜——呜——"的声音。

"好久不见，我的同胞们。"大祭司低沉的声音在大殿中回荡起来。皮皮抬头望去，整座宫殿广阔的空间里全都是一个个蓝色的影子，这些影子迅速地活跃起来围绕着皮皮不停地旋转，并且发出奇怪的鸣叫。

"不要着急。他们的鲜血能够使你们重新回到这个世界，重新完成我们的霸业！"大祭司对着宫殿中的幽魂大声喊叫着。幽魂听到大祭司的声音，瞬间沸腾起来，不断在空中盘旋，发出鸣叫，皮皮和希尔只能待在泡泡里面无力地看着。

"吼———"一声雄浑的吼声从正中间的通道中传出来，正在沸腾的大厅瞬间安静了，在空中快速飞行的幽魂听到这个声音，迅速停止鸣叫，从空中下来安静地贴在地面上。大祭司也吓了一跳，向前走了一步，直视着中间的通道。

"你不会得逞的！"伴随着巨大吼叫声，中间的通道中出现两只金色的大角，慢慢探出一个巨大的脑袋，然后"嗖"的一下，一条巨大的五爪金龙从通道中钻出，盘绕在大殿顶上，俯视着大殿中的一切，幽魂已经被吓得大部分重新回到边上的通道中，皮皮、希尔以及大祭司在巨龙面前就像是一只虫子一样，只能仰视。

"你竟然镇守在通天塔！"大祭司看着眼前的金龙丝毫没有害怕的感觉。

"奥拉夫，果然是你复活了！他来到这儿的那天，我就开始做好防范你的准备了！"金色巨龙开口说话的时候，中间的通道中又有一个人慢慢地出现，不像是其他幽魂那样可以在天上飘，只是在地上缓慢地走着。困在泡泡中的皮皮和希尔两人听到巨龙的话，都将眼睛凝聚在中间的通道上，一个披着黑袍子的人慢慢出来，希尔没有说话继续观看眼前的情况，而皮皮却目光灼灼地看着那个黑衣人。

"你不是在实验室被我们屠杀了么？怎么会在通天塔？"大祭司对巨龙发出疑问。

"你，不也死了么？怎么会在通天塔？这里的幽魂不都是这样么？"巨龙声音低沉地回答大祭司。

"管不了那么多了，你只是个幽魂。五百年前，你阻挡了我，今天你会亲眼见证我的光复。"大祭司十分狂妄地将钢铁左臂对准皮皮和希尔。巨龙下面的黑袍人身体明显地抖动了一下。

"嗖！"大祭司的弩箭发射出去。但是只击中了地板。

皮皮和希尔飘浮在空中，在巨龙的两个爪中间，泡泡已经被打碎，皮皮和希尔感觉到自己受伤的身体正在迅速地恢复，魔力也更加充沛。转瞬间，皮皮和希尔的身体已经恢复如初，甚至感觉比正常时候的自己更加强大了。

"预言中的孩子，剩下的只能靠你们了。毕竟我是个魂魄。"巨龙看着眼前的皮皮和努努。声音和蔼得像是一个年迈的老者对自己的孩子一样。

"垂死挣扎。"大祭司冷冰冰的话还没说完，钢铁手臂中的巨弩已经发射出来，正对着皮皮和希尔。

"分散开。不要被集火。"一直待在一旁的黑衣人突然发话了。还没反应过来的皮皮和希尔两人，瞬间朝着不同的地方躲去，大祭司的弩箭击空。皮皮听到这个声音虽然心存感激，同时心中也有些许失落，并不是自己熟悉的声音。

"泡泡爆炸。"皮皮刚刚站稳脚步，就立刻对大祭司发动反击。

"泡泡爆炸。"大祭司举起右臂，五颜六色的液体快速转动，同样也发射出了一排金色的泡泡，和皮皮的魔法撞击在一起。

"他的右臂能够复制你的技能。但是释放的速度肯定会比你慢！"黑衣人又发话了。

"嗖！"一个弩箭再次射出，并不是射向皮皮也不是努努，而是射向了黑衣人，"啪！"弩箭从黑衣人的身体穿过去。黑衣人挪了挪脚，弩箭还在地上，黑衣人已经走到一边。

"也是个幽魂？"大祭司心中十分不解，"为什么有身形，而不是蓝色阴影？"

"因为我是安妮呀！"说着黑衣人将自己斗篷的帽子摘下来。

"安妮！"正在进攻的希尔和皮皮听到这个名字都停下了脚步，朝黑衣人看去。

"安妮！真的是安妮！"希尔和皮皮高兴极了。

"神龙摆尾。快，现在是战斗，小心。"安妮赶紧对希尔说。希尔立马使出神龙摆尾，躲过了飞来的弩箭。

"皮皮，一次释放三个魔法。他跟不上你的速度！"安妮又对皮皮说道。

"收到！泡泡爆炸，腐蚀黏液，泡泡牢笼。"皮皮瞬间释放三个魔法从不同方向攻击大祭司。

"嘭！"虽然只有一个，大祭司复制出的魔法抵消了一个，又躲过一个，还是被皮皮的腐蚀黏液击中，大祭司的机械手臂被皮皮的魔法腐蚀掉一块。

"可恶，这个女孩能够猜到我的内心。"大祭司十分生气。但是又杀不了本来就是幽魂状态的安妮。

"只好拿出真正的实力了。"大祭司看着自己被腐蚀掉一块的机械手臂，甩了甩手，左边的机械手臂自动脱落掉在了地上，发出清脆的响声，原来机械手臂只是外边的一层壳，里边是一个瘦小的胳膊，没有强壮的肌肉，也没有多少毛发，说着奥拉夫胸前的铠甲开了一个口子，里面出现一个装着绿色液体的小瓶子。

"快阻止他，他要变身。"安妮赶紧说。

"狂暴之力。"希尔听到安妮的声音，已经挥动拳头冲了上去，大祭司早有防备，举起右边的胳膊，一道魔法屏障把大祭司包裹起来，将希尔阻挡在一边。

"泡泡爆炸。"皮皮也发动了攻击，只是将奥拉夫的魔法屏障震动了一下，并没有打破。屏障中的大祭司将那瓶药水缓缓注射到了自己的胳膊里面，他纤细的胳膊上面皮肤涌动了一下，接着纤细的胳膊迅速变得粗壮起来，不只是胳膊，整个身体的肌肉都在迅速膨胀，身上的铠甲一片片脱落，整个人的体形扩大了两三倍。皮皮第一次看到大祭司的脸，像是兽国的猴子一族，似乎比兽国的猴子一族毛发更少。大祭司右手臂也胀大了好几倍，但五颜六色的液体还在高速流转。

大祭司的变身完成，身边的魔法屏障消失了，皮皮和希尔退到了一边，没有马上发动攻击。对刚刚变身完毕的大祭司没有丝毫了解，但是看样子似乎更加危险。

"皮皮小心！"安妮的话音刚落，皮皮还没有来得及反应，大祭司的手臂已经抓住皮皮的脖子。这种速度简直让人绝望，希尔虽然恐惧，还是瞬间暴起，血红的眼睛死死盯着大祭司，拳头快速对准大祭司打去，大祭司根本不躲闪，承受希尔的全部攻击之后，反手将皮皮丢出去，砸在希尔身上。皮皮和希尔两人已经身受重伤躺在地上无法动弹。

"哈哈——哈哈——"狂暴状态的大祭司承受住希尔的全部攻击之后，像是没有任何事情一样，看着被自己重创的皮皮和希尔发出狂妄的笑。

"结束了。"大祭司奥拉夫看着龙王十分狂妄地说。

"确实该结束了。五百年前，你败在龙族手上，五百年后，你还是难逃这个命运啊！"巨龙也发出了笑声。身受重伤，躺在地上动弹不得的希尔已经闭上了眼睛，听到巨龙的话，缓缓向四周看了一眼。模糊的视线中眼前的一切似乎没有任何变化，虚幻的巨龙、同样躺在地上的皮皮、像个小山一样的大祭司。

"凭你还想跟我一战？"大祭司十分怀疑地看着巨龙。

"我？不不不。我老了，你也老了，都该把舞台留给年轻人了。"龙王笑得更加得意了。大祭司十分生气，举起右臂，对准皮皮和希尔。皮皮和希尔看着大祭司右臂上正在不断凝聚魔力，而自己已经没有能力反抗，只好闭上了眼睛。

"螺旋火焰弹！"巨大的火焰从朱色大门那边发射出来，直接命中大祭司，将大祭司正在凝聚的魔法打断。大祭司背后的肌肉被炽热的火焰烧焦，他缓缓地转过身来，看着两扇朱红色大门中间一大一小两个身影，一只笨重的北极熊，一只不起眼的海龟。

第九章

身世之谜

五位预言中的孩子，终于再次聚集在一起。所有的分离与重聚都源于凯南自己内心的一个执念，那就是对自己身世的怀疑。凯南从没见过自己的父母，从小受尽别人的嘲笑。这种执念在凯南心里慢慢扎根。凯南终于见到了一个让自己倍感亲切的人，可惜的是这个人只是一个幽魂。凯南化解了大祭司的攻击，他的出现让大祭司也倍感惊讶。没有人想到凯南的魔力会在短短几天突飞猛进，他身上隐藏着太多谜团。而眼前巨龙幽魂的出现似乎就要把所有的谜团全部解开。

"凯南！"安妮兴奋地喊了起来。

"正好，人到齐了。今天，将你们一起血祭通天塔！！"
说话间已经到达凯南的面前，凯南和努努还没有反应过来，
都被大祭司抓住狠狠地摔在地上。

　　"好疼。"努努痛苦地捂住自己的屁股。皮糙肉厚的努努
以防御见长，受到大祭司的攻击只是受了点伤，都在皮皮和
希尔的预料之中。

　　"呃。"而凯南受到的攻击更重，但是他却一点事都没
有，让所有人都吓了一跳。

　　"呵呵，好。想不到龙龟一脉竟然还有如此高手！"龙
王看到凯南几乎没有受到伤害十分开心，"你是谁的孩子？"
龙王对凯南十分感兴趣。

　　"我不知道，我……"凯南还没有说完，就被大祭司一
拳击飞。

　　"龙爷爷，凯南正在战斗，你不要让他分心。"安妮在一
边焦急地说

　　"唔。"龙王赶紧闭嘴不敢再说话。

　　"安妮！"凯南受了点轻伤，爬起来后看到安妮心中激
动得不知道该说什么。

　　"打不赢我就不原谅你了！"安妮只瞥了一眼凯南就能
猜到他的内心。

　　"我一定能赢。"凯南听到安妮的话心中郁积许久的心结

终于打开，大祭司攻势又到，凯南喷出一个巨型火焰将大祭司逼退。

"螺旋火焰弹！"大祭司也释放了和凯南一样的魔法。凯南也被吓了一跳，只能朝一边躲去。但是凯南的移动速度却远不及大祭司，凯南躲过火焰弹，又被大祭司的拳头击中。

"螺旋火焰弹！"凯南又释放出这一招，大祭司已经丝毫不怕。因为释放出同样的技能将凯南的招式化解掉，凯南又挨了一拳。龙王看到凯南只会这么一招，但是身上的龙族血统又是如此纯正，心中十分纳闷。

"凯南，你过来。"龙王对嘴角正在流血的凯南说，"将火元素凝聚成型，以龙族血脉指引，魔力疏导，再次释放出去。"龙王看着一脸茫然的凯南问，"听懂了吗？"凯南茫然地点了点头。

"快，照我说的做啊。"龙王着急地对凯南说。

"以龙族血脉指引……用魔力……"凯南还在试验龙王交给自己的新魔法，大祭司一个飞踢攻击过来。"嘭！"努努替凯南挡住了大祭司的攻击。而正在念念有词的凯南被这突如其来的一声吓一跳，忘了自己刚才说到哪儿了。

"凯南，加油啊。"被击飞的努努吐出一口鲜血，倒在皮皮和希尔旁边。

"凯南！"大家看着凯南又陷入茫然状态，然而大祭司凌厉的攻势又一次到来。

"以龙族血脉指引，用魔力疏导。"凯南再次念念有词准备着自己的新魔法。

"死吧。没人能帮你了。"大祭司再一次冲了过来，一拳击中了凯南的头。就在这时候，凯南双手凝聚的魔力瞬间释放，一条火焰巨龙从凯南双手之间飞出来，直接命中大祭司。从大祭司小山似的身体中间穿了过去。凯南被击飞倒地不起，而大祭司身体却被打穿，绿色的血液慢慢从大祭司的身体中流出来。

"赢？赢了？"躺在地上的希尔对皮皮说。

"应该吧。"皮皮看着眼前的大祭司身体已经被打穿，应该没有反抗的能力。

"不好。"安妮十分焦急地看着大祭司。大祭司被洞穿的身体开始慢慢愈合，以肉眼可见的速度在不停恢复，不一会儿已经恢复了。

"感谢你，小海龟，又让我多了一个强大的魔法。哈哈哈。"大祭司看着自己正在慢慢恢复的身体，以及几乎全都丧失战斗力的五个预言中的孩子，十分狂妄地笑了。

"为什么呢？这都能恢复？"努努简直绝望了。皮皮听到努努的念叨，忽然想起来了什么。皮皮看了看远处还在挣扎的凯南，又看了看在一旁的安妮，还有正在迅速恢复的大祭司，决定赌一把。

"凯南，你还能再释放一次刚才的魔法对吗？"皮皮看着凯南焦急地说。凯南挣扎着坐了起来，对着皮皮缓慢地点了点头。皮皮又看了一眼安妮，冲安妮点了点头，安妮瞬间明白了皮皮想要干什么。

"大祭司！你的芯片到底放在了什么位置？"皮皮对着大祭司大声喊出。大祭司呆了一下。

"我怎么可能会告诉你。真是天真……"

"在脚上！！"大祭司的话还没有说完，芯片所在位置就被安妮大声地喊了出来。

大祭司一脸震惊，瞬间回味过来。旁边站着一个虽然没有战斗力，但是却会读心术的可怕人物。大祭司感觉一个魔法向自己的脚飞了过来赶紧原地跳了一下，万万没想到，大祭司躲过的竟然只是皮皮的一个小泡泡。随着大祭司的落下，一条火焰巨龙正好飞了过来，大祭司眼睁睁地看着自己的双脚被火焰巨龙所吞噬。

"啊——啊——"痛苦的声音在通天塔内不断回荡，大祭司的双脚被火焰巨龙熔化，大祭司能力来源的芯片毫无疑问被摧毁掉，身体像一座小山似的大祭司慢慢变小，最终像一只猴族大小一样，躺在地上不断呻吟。

"你的野心终会让你付出代价！"龙王看着在地上不断呻吟的大祭司。

"不甘心啊，不甘心。"大祭司在不断的哀号中慢慢消失，最后又化为一个蓝色的幽魂继续在通天塔里飘荡。

"大祭司究竟想干什么？"安妮问龙王。

"你们看，这个屋子的顶上画的什么？"龙王挪动了下自己的身体，皮皮五人都朝屋顶看。全部都是浮雕，一层一层。最底层的朝着上面参拜，第二层是神族和龙族。在神族和龙族之上还有一个人正端坐在一把椅子上，迎接众神的朝拜，画壁上这个人的神情和刚刚消散的大祭司十分相似。

"随着那个国家的科技不断进步，他们逐渐产生一种可怕的想法。"巨龙缓缓地说，"他们曾经想要凌驾于世界万物之上。在大陆上他们做到了，将其他种族全都驱赶出去，占领了大陆最丰饶的地区。"

"就是现在的德鲁斯沙漠！"皮皮一脸震惊。

"他们捕猎其他种族，作为自己的奴隶。最后他们竟然想要凌驾于神之上。于是他们造出了通天塔。"巨龙指了指中间的操作台，"只要启动那个装置，就能够让这座塔直接抵达星月国。"

"安妮，你怎么样了？"凯南清醒过来着急地走到安妮面前，却发现自己的手从安妮的身体里穿过去。

"我只剩下灵魂。我被黑巫师抓走之后，跌落在黑暗深渊最底层，醒过来以后就是灵魂状态在通天塔中了。还好碰到龙爷爷，否则一定会被那么多幽魂欺负。"安妮说着感激地看着巨龙。

"龙爷爷，您知道怎么帮助安妮恢复身体吗？"凯南听完安妮的诉说，心中还是抱有歉疚，赶紧好言好语地向巨龙询问。

"按道理，安妮只是幽魂状态，只需要找到她的肉体所在。"巨龙仔细看着安妮，"魂离体而又不散，必然来自星月国，你们只能去星月国查找安妮的身体所在，然后找到安妮的肉体，就能恢复！"龙王信誓旦旦地说。

皮皮听完按照龙王的指示去启动通天塔。

"而你，更让我感到好奇。"龙王对凯南说，"你既不是我的嫡亲，为何身上的血脉如此纯正？"龙王十分疑惑。

"我也不知道，之前我只是会一点火系魔法。直到那天我在一个岩浆中沉睡了三天，醒来之后就这样了。"凯南也十分不理解。

"岩浆？是不是在那个实验室下面？"龙王仿佛知道了答案。

"对，现在那个地方被叫作德鲁斯沙漠，应该就是你们说的五百年前的什么实验室。"皮皮听到两人的对话赶紧补充道。

"唉，这就难怪了。"巨龙一声叹息，随后释然，十分高兴地看着凯南，"那你和我的亲生儿子没有区别。"凯南看着巨龙十分不解，不知道为何自己就成了龙王的亲生儿子。

"五百年前，我碰巧发现了科技国的阴谋。将他们的实验室破坏，却不幸在那儿陨落。我的血液在那里流尽，化为了你所说的岩浆。你在那里睡了三天三夜将我身上的龙族血脉吸收得差不多了。所以你的血脉如此纯正，和我的亲生孩子没有什么不同。"龙王释怀地看着凯南，像是一个慈祥的父亲看着自己的孩子。

"我……"凯南不知道该怎么回答，一向有些自卑的凯南一时还接受不了这突如其来的变化。自己从一个人见人厌的变异海龟变成了拥有龙族血脉，而且是龙王嫡亲血脉的龙龟。凯南竟然在这虚幻的龙王面前找到一种温馨的感觉，这和跟小伙伴们在一起的那种快乐并不一样，而是一种找到根的归属感。

"可我听说，自打您消失以后，海洋已经战乱了五百年。无数的杀戮在海洋中发生。龙族都不愿待在海洋了。"凯南想起了在乌拉儿城中，拉威尔告诉自己的话。

"这！"龙王被凯南的消息吓了一跳，但是又十分无奈地说，"但是我如今只剩下灵魂，还要在这儿镇守着无数的幽魂。我若出去，这里的幽魂跑出去一个就会天下大乱。"

"不如……"龙王看着凯南像是找到了办法，"不如你替我做龙王吧。"

听到龙王的话，不只是凯南，其他小伙伴都震惊了。

"或者，你替我找一个合适的接班人吧。总之这件事情只能拜托给你了。"龙王像是终于卸下一个重担似的长长地出了一口气。

"叮——叮——"操控台发出响声。

"快到了。"龙王看着眼前的五个孩子，虽然都伤痕累累，但是都十分坚强，虽然都各有缺点但是都在不断成长，他坚信眼前五个预言中的孩子一定能够再次拯救这个世界。"去吧，让兔儿爷这老小子，好好看看你们，保证你们的出场会让他吓一跳。"龙王十分不正经却又十分慈祥地对皮皮五人说着。

"轰——"通天塔响了一声，似乎停止了飞行。"应该着陆了，跟我来吧。"龙王对皮皮五人说完就从大殿中直接钻到正中间最大的通道中去，龙王的身躯虽然庞大但却十分灵巧。皮皮五人听到龙王的话，心中既有喜悦又有忐忑。他们只好慢慢跟随着龙王，走向通道尽头。正中间的通道看似漆黑，进去以后却发现整个通道是透明的，能够看见外面的样子。一闪一闪的星星似乎就在脚下，伸手就能碰到似的。除了到处都是不断闪烁的星星以外，似乎没有其他东西了。皮皮感觉很奇怪，也许我们是在一个荒郊野岭着陆了吧，皮皮如此想着。

"诸位，到了。"巨龙带领皮皮等人走到通道尽头。虽然通道内的光线并不是很暗，但是通道的出口还是显得十分耀眼，像是一束光从外面直接照射进来。"我还要镇守着这里的无数幽魂，不能离开通天塔。你们快去吧。"巨龙的声音十分慈祥。皮皮等人虽然只跟龙王相处一天左右的时间，但是都对这个慈祥得像是自己爷爷的长者感到十分尊敬。皮皮走到通道出口，转过身向龙王挥挥手，轻轻一跃，慢慢地飘了出来。凯南走到门口，转身跟龙王道别的时候，眼泪不自觉地流了下来。凯南说不出任何话，只能哽咽着看了龙王一眼，然后也一跃而出。

"呀——吼——"希尔从通天塔中出来十分开心，"我们终于到啦！"皮皮等人都是第一次到星月国来，对这里的一切事物都感到十分新奇。比如，星月国竟然没有路，大家都是飘浮在空中，只用轻微的一点魔力就能控制自己身体前进的方向，皮皮等人开心极了。但是却没有见到星月国有居民。

"有人吗？"皮皮对着略显空旷的星月国大喊了一声，大家都停了下来，因为不知道该往哪里走。随着皮皮的喊声响起，脚下的星星更加明亮，然后都朝着一个方向开始了快速移动，看样子是在聚集，眼前的景象让小伙伴们吓了一跳。

"天哪，刚来就闯祸了？"皮皮看着眼前的情景心中开始慌了，刚才由于太激动，一声喊叫竟然引起如此大的变故，皮皮心中一下没了主意。"安妮，怎么办？"皮皮向身后看去，却发现希尔、凯南、努努都被眼前的奇观吸引住了，唯独不见安妮。

"安妮呢？"皮皮十分着急地对身后的小伙伴喊，但是希尔、努努和凯南像是没有听到似的，还在呆呆地看着眼前。"喂？你们怎么了？"皮皮感到十分惊讶，难道星月神族的地盘还有敌人不成？

"你好啊，小家伙。"皮皮还没转过身来，一个熟悉的声音已经传来。皮皮转过身来，面前似乎是一个墙一样的东西。皮皮慢慢抬头看去，是一个比曾经在极地国见到的要大好几十倍的兔儿爷，十分臃肿可爱，相比较于在极地国见到的那个严厉大叔，现在的兔儿爷简直慈眉善目，而且还有几分可爱，让人忍不住想要捏捏他圆滚滚的肚子。

"你……你是……兔儿爷么？"努努看着眼前这个人十分不敢确定。

"哈哈哈……你们觉得呢？"还是那个尖细的男声，肯定是兔儿爷无误，"安妮呢？安妮没有和你们一块儿来？"兔儿爷一眼就看出眼前的四个人实力已经有了巨大的提升，嘴上虽然没有说，但是心中的喜悦还是溢于言表。

"安妮，可能还在通天塔中没有出来吧。"小伙伴环顾四周，空旷的星月国除了他们几个一个人都没有。

"通天塔……是不是出了什么问题？"兔儿爷拖动着庞大的身躯朝着通天塔移动过去。

"出了问题？你这老小子才发现出了问题？"通天塔中龙王的声音透过通天塔传了出来。

"你这条老泥鳅。出了什么问题我都能解决，要你多嘴？"兔儿爷听到龙王的话知道又出了什么乱子了，但是为了在小辈儿面前不被老朋友损得那么难看还是在嘴上强撑着。

"安妮只剩下灵魂了，在通天塔中无法出去。你快想想办法，先把安妮灵魂稳固住，然后找到她的身体。这件事能够解决，我就服你。"龙王知道兔儿爷又在强撑，隔着通天塔故意激兔儿爷。

"安妮……只剩灵魂？我的天……"兔儿爷大惊失色。"月神殿！"兔儿爷大吼一声。刚才被皮皮的喊声惊得四散逃走的星星重新聚集，不一会儿，一座由星星建造的宫殿在众人面前出现。皮皮等人被眼前美轮美奂的景象惊呆了，凯南伸出手摸了摸小星星。

"嗯——哼——"组成墙壁的小星星竟然是有生命的，不但会发出声音，还有眼睛鼻子。小星星看着凯南在捏自己，不断地将自己的身体往凯南身上蹭，像是很享受一样。

"不要调皮。"兔儿爷进入宫殿看到一颗小星星正在对凯南撒娇。小星星立马回到墙上老老实实地成了宫殿的一部分。

"我的天，预言水晶球早已暗淡了。"兔儿爷走进大殿。大殿正中间有一个摆放着水晶球的台子，水晶球已经没有丝毫光亮了。

"这下麻烦了。"兔儿爷懊恼地说，"大陆上是不是已经许久没有出现月亮了？"兔儿爷问皮皮。

"对，已经三个多月了。从安妮被抓走后不久。"皮皮和小伙伴回答。兔儿爷的脸色有些不大好看，拖着肥大的身子在不断地来回走动，像是在思索着什么。

"兔儿爷……"皮皮还对兔儿爷在极地国的严厉形象有些害怕。

"嗯？问吧。"兔儿爷看了一眼皮皮就知道皮皮想说什么，"你们都有不少变化，想必也发现了些什么，或者遇见什么问题了。"

"嗯，自从安妮被抓走的那天起，晚上就再也没有月亮。

所以……"皮皮欲言又止。

"所以安妮就是月亮？"希尔性急地问。皮皮等人都目光灼灼地看着兔儿爷。

"唔，既然你们都发现了，其实也没有什么好隐瞒你们的，你们是五个预言中的孩子，虽然刚开始的时候普普通通、平凡无奇，有时候看起来还有些笨，又懒又馋，还很调皮……"兔儿爷还在月神殿中来回走动着，忽然觉得自己背后有着凛冽的杀气，兔儿爷停下看到皮皮和几个小伙伴正直勾勾地盯着自己。脸拉得好长，不停地翻着白眼。

"哦，呵呵。孩子们，其实我是说……"兔儿爷脸色十分尴尬，他这才想起皮皮他们已经不是当年只会在地上爬来爬去的小孩了。

"我是说，虽然你们小时候和普通孩子一样，但是其实你们每个人都是与众不同的。"兔儿爷停止了来回走动，十分宠溺地看着皮皮等人。

"真的吗？"凯南赶紧确认，皮皮等人听到兔儿爷这句话，刚才的小情绪也一扫而光，每个人的眼睛都像星月国的小星星一样闪着光芒，带着期待的眼神看着兔儿爷。

"当然，当然。"兔儿爷对孩子们的表现十分满意，他继续说道，"正如你们所发现的，安妮并不是一个普通的小女孩，更不是一只普通的生活在极地国的企鹅。"兔儿爷说着往前走了两步，来到月神宫的正中间，那个摆放着一个硕大的水晶球的台子上，向皮皮等人挥手。

"安妮，其实是这颗水晶球的器灵。"兔儿爷对围绕在水晶球旁边的皮皮等人说，"这颗水晶球已经不知道存在了多长时间。经过无数岁月，一直存在于星月国的水晶球逐渐衍生出了自己的灵魂。"皮皮等人听到兔儿爷的叙述都十分惊讶，围绕着那颗水晶球，仔细地观察，晶莹剔透的水晶，十分光滑，皮皮将眼睛向上凑过去，竟然发现能够看到下面的大陆。

"看，这是比斯特山脉。"皮皮指着水晶球兴奋地说。

"不错，这个水晶球可以看到大陆上发生的一切事情，同时，你们在大陆上也能看到这颗水晶球。"兔儿爷继续说着。

"我最喜欢对着天空发呆，我怎么没有看到过？"努努听到兔儿爷的话呆呆地问。

"这就是我们看到的月亮吧？"皮皮替兔儿爷回答，"安妮灵魂不在了，所以月亮的光芒就消失了？"

"不错，更重要的是，这颗水晶球能够联系下界，通过水晶球能够察觉到下界所发生的所有事情，而现在不行了。"兔儿爷懊恼地说。

"所以……您也没有办法查到安妮的身体究竟在哪儿

吗？"皮皮试探性地问。

"喂——你这老小子怎么还不出来啊？"兔儿爷还没有回答皮皮的话，龙王的声音已经从通天塔内传出来。

"来……来了，你着什么急。"兔儿爷一边回答着一边从宽大的袖子中掏出一个缩小版的水晶球对皮皮等人说，"走，先去把安妮接出来。"

兔儿爷巨大的身体飞起来十分灵活，皮皮等人跟着兔儿爷到通天塔内，龙王还在众人出去的地方待着，安妮娇小的身影站在龙王旁边显得如此柔弱，安妮的眼睛红红的，不知道刚才是不是哭过了。

"你快点，有没有办法能让安妮正常地离开通天塔，不要像我一个老头子一样在通天塔内困一辈子。"龙王一看到兔儿爷从外面进来就赶紧冲着兔儿爷喊起来。皮皮等人看到安妮又都走到安妮旁边。"没事儿的，兔儿爷有办法。"皮皮小声地安慰着安妮。

"当然了。办法有是有，只不过……"兔儿爷欲言又止。

"只不过什么，你快说啊。"龙王看见兔儿爷这个样子就知道事情没那么简单。

"只不过安妮没有办法向正常人一样走出通天塔，而是必须待在这里。"兔儿爷带着些自责的语气慢慢从袖子中取出那个缩小版的水晶球，"这是月神水晶的模型。目前只能让安妮先待在这里了。"

"那你有没有查到安妮的身体究竟在哪儿啊？"龙王焦急道。

"这个……这个需要安妮先进到水晶球中，我可以用这个月神水晶的模型占卜一下，但是位置不会那么明确。"兔儿爷眼神四处游移，没敢看安妮，"毕竟这只是个模型。"

"好，我这就去做。"安妮听完兔儿爷的话十分乖巧地说，然后就慢慢向兔儿爷拿出的水晶球走过去。水晶球随着安妮的靠近逐渐发出耀眼的白光，身形单薄的安妮在这束白光的照耀下更显娇弱，白光慢慢收敛，安妮随着这束光进入到水晶球中。

"伟大的月神——需要您的力量照亮世间的黑暗——月神之力！"兔儿爷看安妮已经进入水晶球中口中念念有词，水晶球也越来越亮，慢慢浮现出一个模糊的影子，辉煌的大殿，水晶石为路，珊瑚装饰，夜明珠为灯照亮整个大殿。

随着眼前的影像越来越清晰，龙王脸上的表情逐渐僵硬。龙王站不住了，庞大的身躯想要来回走动，嘴巴惊讶得快要掉到地上来。

"怎么可能？安妮的身体为什么会在这里？"龙王有些

焦躁。

　　皮皮他们都有些莫名其妙，不知道这里究竟是哪里，为什么会让龙王感到如此惊讶。

　　"这里是哪儿啊？"皮皮低声问了问兔儿爷。

　　兔儿爷长叹一口气，看向龙王："东海龙宫！"

第十章

东海龙宫

安妮和凯南的身世都已经明了，所有谜团都已经解开。只是安妮仍旧只是灵魂状态，无法像正常人一样出现在鲸大陆，更无法去跟小伙伴继续并肩战斗。恢复安妮的身体成了大家的首要任务。刚从星月国下来的皮皮等人，立刻又踏上前往东海的路程。

一路无话，皮皮等人又通过通天塔回到德鲁斯沙漠，告别龙王之后，一路向东，到达极地大陆的最东边，一片海洋出现。皮皮等人从小生活在极地国，极地国虽然也有海，但是海面上常年覆盖冰川，而且海水的温度极低，他们从来没有真正到大海里游玩过，第一次到海边皮皮等人感到十分兴奋。

一个猛子扎到海水里，看着鱼儿在自己身边游来游去，十分开心，只有努努还站在海边看着小伙伴们在海里畅游。

"快下来啊，努努。"希尔对着努努大声喊着，"身为极地国的孩子，不会游泳可是会被笑话的。"

"我……我害怕。"努努看着无边无际、深不见底的海洋还有些恐惧。

"没关系的，用魔力在自己头部形成一个套子可以自由呼吸，就像是在陆地上一样。"皮皮游到努努的身边一只手拉着努努，一只手拿着水晶球。努努在皮皮的带领下，通过魔法罩才在海里自由地游来游去。

小伙伴们都是第一次真正到海洋中去，兴奋极了，浅海的景色也十分迷人，无数的鱼类、珊瑚五颜六色十分漂亮，再往深入去，就可以见到部分海洋居民，他们都居住在海底的珊瑚中或者岩洞里，靠种植海洋植物为生，而有魔力或者有特殊血脉的人则能够直接从龙宫所在的大火山每次的喷发中获得能量。但是越往海底深处，皮皮越发现似乎和龙王描述的海底并不太一样。长着巨大獠牙的鲨鱼，满身都是刺儿的乌贼，每个生物看起来都极具攻击性。

"这里的生物似乎都变异了。"凯南对皮皮说。

"你怎么知道？"希尔感到很奇怪。

"知道要来龙宫，我提前看了许多关于海洋知识的书，还有图鉴……"凯南说到海洋的时候眼睛放着光。

"似乎是有些不对劲。咱们低调点。尽量避开这些看起来就很凶恶的生物。"皮皮带领小伙伴一边尽量和这些生物保持距离，一边继续往海洋深处前进。就在皮皮等人正在前进的时候，皮皮手中的水晶球迅速闪烁着红色的光芒，皮皮被吓了一跳，赶紧转过头来对小伙伴做了一个噤声的手势，然后指了指水晶球，大家都安静了下来，就近躲在一块没有海洋生物居住的珊瑚礁下。

不一会儿两队人马通过珊瑚礁的缝隙出现在皮皮的视野当中。

"无处可逃了吧，哈哈。"一队正在逃跑的穿着金色盔甲的人被两队穿着黑色盔甲的人包围在其中。"这里到底是东海的地盘，你们不要欺人太甚！"为首的金甲侍卫面对人数上数倍于己的强敌不卑不亢，大声喝问。

"唔，这人是个汉子。"希尔看着在危机关头还敢挺身而出的金甲侍卫低声称赞道。

"东海算什么，龙王还在的时候，还让你们三分。现在？"黑甲侍卫气焰十分嚣张地对金甲侍卫说，"快将损坏我们龙舌草的人交出来。"

"我东海的人没有干过这种事儿！"金甲侍卫依旧毫不让步，"何况，你们西海的药草为什么会种在东海的地盘上？"

"塔姆，我敬你是条汉子。快乖乖投降吧，否则……"黑甲侍卫似乎有些词穷，想要用武力解决问题，黑甲侍卫说着已经将为数不多的几个东海金甲侍卫包围起来了。

"那只有一战了！兄弟们，不能堕了东海的名声。"金甲侍卫塔姆说着带领金甲侍卫冲入敌人阵营中去。

不一会儿鲜血的颜色将皮皮眼前的那片海水染红，一股血腥味顺着海水漂过来。金甲侍卫和黑甲侍卫的厮杀不一会儿就结束了，几乎是一边倒的情况，金甲侍卫死伤惨重，黑甲侍卫发出胜利的欢呼声吵闹着走了。这时皮皮等人看见一个受伤的金甲侍卫慢慢地坠落在自己旁边不远处的珊瑚礁丛中。

"看，那个受伤的人，就在旁边，我们要不要过去看看？"希尔对皮皮说。

"看样子似乎是东海这边的侍卫，是龙爷爷的人，走。"凯南说着就要过去。

"稍等，等黑甲侍卫都走了咱们再去。尽量在不明情况的时候不要贸然暴露自己。"皮皮拉着就要冲出去的希尔和凯南说。

不久黑甲侍卫慢慢消失，皮皮四人在珊瑚礁里找到那个受伤的金甲侍卫，皮皮用自己的魔力暂时缓解了金甲侍卫的伤势，金甲侍卫慢慢苏醒。"我是东海侍卫长塔姆，感谢几位的救助。"金甲侍卫塔姆想要站起来向皮皮等人表示谢意，被皮皮拦住了。

"用不着客气，我们都是自己人。"凯南感到金甲侍卫塔姆十分亲切。

"伙计，刚才你可真是帅呆了。就喜欢和你这样的汉子交朋友。"希尔笑着用拳头擂了塔姆的胸口一下。

"你们看起来应该是极地国的人吧。"虚弱的塔姆看着皮皮等人并不像是常见的东海生物，"现在的东海正处在纷乱时候，如果来游玩的话最好……"

"我们并不是来游玩的。"皮皮打断塔姆的话。

"我们可是来拯救东海的哦。"希尔看着塔姆打趣地说。

"我的这位兄弟，就是龙太子，东海龙王的私生子！哈哈！"希尔把凯南推到塔姆面前。受伤的塔姆心中一惊，脸色都变了。"什么？龙王的私生子？这件事竟然是真的……"塔姆低声自语着。

"什么真的假的？"凯南连忙解释，"我不是私生子。"

"对，是亲生孩子，哈哈。"希尔看凯南一路上对龙宫、龙族一直那么上心，这时候忍不住打趣他。

"兄弟，既然你是东海的侍卫长，那么请你带我们去龙宫吧。"皮皮没有解释凯南的那件事，而是郑重地对塔姆说，

"我们来东海真的有要事，一时难以跟你解释清楚，但是真的没有丝毫恶意。"

"好，好的。"受了伤的他脸色煞白，不知道是因为受伤还是被希尔的话给吓到了或者因为其他的什么事儿。就在皮皮等人跟塔姆热情交流的时候，水晶球被暂时放到了皮皮身上的口袋里，没有人注意到水晶球中红色的光芒一闪而过。

皮皮等人跟随着金甲侍卫塔姆继续往海底深入。又过了许久，此时海底中基本感觉不到太阳的光亮，只能靠着深海中不时漂过的灯笼鱼和海底中一些其他物质发出的微弱的光。

"海底这些发光的是什么？"努努看着越往前走越多的地上发着亮光的东西问塔姆。

"这是龙焰。也就是海底火山每次喷发带出来的物质。"塔姆解释着，"这种物质能够给海底生物提供能量。越是龙焰密集的地方海洋中珍贵的药草长势越好，海洋生物的魔力修炼速度越快。"一边解释一边向前走的塔姆忽然停下，指着不远处的一个大型火山对皮皮等人说。

"到了。"塔姆停住脚步，"诸位稍等，我需要先去通报一下，毕竟龙宫禁地是不准随意乱闯的。"说着塔姆向不远处的大火山走去。

"为什么附近看起来那么荒凉，跟想象中繁华的龙宫似乎有些不一样啊。"希尔一边四处走一边说。"嘭！"希尔左右晃着，眼前是一片平地什么都没有，但是希尔似乎撞到了什么东西。

"这是什么？"希尔双手摸到眼前的空白处，再也不能进去了，"似乎像是一个巨型防御魔法护盾之类的。"皮皮也走过来。

"龙宫禁地不准乱闯！"一声喊叫，从地下的泥土中钻出五六个金甲侍卫将皮皮等人包围了。

"喂，喂，老兄，看清楚了，我们可不是乱闯。"希尔被眼前突然出现的几个金甲侍卫吓了一跳，但是马上又镇定自若，"看，这位兄弟，他可是东海龙王的私生子。专门来拯救你们的……"

"哈——哈——"希尔还没说完就被眼前几个金甲侍卫的笑声打断了，"还私生子，哈哈。""这是我最近听过最有意思的笑话。"金甲侍卫们笑成一团。

"喂，你们有什么好笑的，你们的塔姆侍卫长已经去通报了，等他出来有你们好看的。"希尔看着自己被人当作笑话心情十分的不爽，本来还笑容满面的凯南此时脸色都已经发绿了。

"凯南，不要在意。"皮皮看凯南的脸色有些不对，上前安慰凯南，"只是这些人见识短浅而已。"皮皮宽慰着凯南。

金甲侍卫听到皮皮对自己的讽刺，十分不友好地走了过来："不知道你们效忠于哪个势力，也不知道你们有什么目的，请你们马上离开。"

　　"看来你们是想打架啊。"希尔十分讨厌脾气不好的人，虽然自己的脾气就很差。

　　"稍等。不要着急。"眼见双方又要产生冲突，皮皮赶紧出来想要息事宁人，"龙族血脉你们总该知道吧。我的这位兄弟……"

　　"龙族血脉！？哼。"原以为金甲侍卫们听到这个词会感到十分震惊，没有想到的是，眼前的金甲侍卫根本毫不在意。

　　"喂，喂，伙计。"皮皮以为眼前的金甲侍卫还不相信，"我的这位兄弟因为从小没有居住在东海，但是确实是货真价实的龙族血脉啊。"

　　"抓起来！"金甲侍卫听到皮皮如此解释竟然要对皮皮等人动手了。

　　"为什么？"沉默已久的凯南此刻终于忍不住发声。

　　"你还敢问为什么？"金甲侍卫们一个个义愤填膺，"东海虽然没落，但是尚能自保。老龙王失踪五百年，东海还能存在。但是，你们这些号称龙族血脉的人，不断从外面回来，但一个个不是当了叛徒就是其他势力派过来的奸细！"

金甲侍卫们义愤填膺，说话间就要将皮皮等人抓起来。

听到这些话的凯南心中五味陈杂。以前的凯南是一个时刻找不到家的孤儿，到处都觉得陌生，终于知道自己是龙族后裔的凯南，一路上心中总是惦记着这个与自己血脉相连的地方。而如今，自己所牵挂一路的"家"竟然对自己刀兵相向。凯南感到心中一阵失落，此时多希望能够早些找到安妮的身体，早早离开这个让自己伤心的地方。

"等一等！"希尔和金甲侍卫的冲突一触即发的时候，塔姆从远处急忙过来，高声地喊着。金甲侍卫和希尔暂时停了下来，但都怒目而视。

"龙王有请。"塔姆对凯南说道。金甲侍卫都感到十分震惊。

"队长，我们不是没有上过这样的当……"侍卫还要试图再说。

"龙王？龙爷爷怎么会在这里？"皮皮听到塔姆的话也感到不可思议。但是转念一想，也许是龙王故意跟他们开玩笑，通过在通天塔时候龙王那种老顽童的性格，这么作弄自己也在情理之中。皮皮悄悄看了一眼水晶球，没有什么异样，于是放心地带着小伙伴跟随塔姆进入龙宫的防护罩。

皮皮这才看清大火山下面还有许多珊瑚和岩洞组成的房子，但是都是空的。"请三位在这边稍事休息。"塔姆对皮皮、希尔和努努说，然后带着凯南往大火山里面走。

"喂。我们也是龙爷爷的孩子啊。"希尔对这种差别对待十分不满。

"等龙王确认了皇子的身份就会带几位进去。"塔姆十分有礼貌地对皮皮三人说。皮皮三人从一开始就对塔姆的印象不错，而且又如此有礼貌，想到凯南拥有可以媲美龙王直系血脉的关系，皮皮等人安心地在大火山脚下的珊瑚礁屋子里等候凯南的消息。

凯南跟随塔姆从火山底部进入，穿过幽深而炽热的水晶通道，穿过通道的时候凯南被四周水流冲得站不住脚，金甲侍卫告诉凯南，这只是海底岩浆带来温差过大而引起的洋流，凯南看着陌生的环境，忽然觉得似乎自己根本不属于这里，这里的环境对自己来说都是陌生的。四周全是海底岩浆多次喷发形成的枕状岩石，这里除了金甲侍卫再没有其他水族生物，像是根本耐不住如此高温。

穿过水晶通道，一道魔法门，里面豁然开朗，又是一片新天地。里面空间极大，四周道路全是夜明珠，散发的光芒照得深海火山下的洞窟里亮如白昼，道路两边巨龙雕塑一个接一个，奇怪的是，越靠里面龙的形状越奇特，不像是正常的五爪金龙，更像是麒麟。凯南一边奇怪地走着，一边看着旁边的各式各样的宫殿，以及道路两边的金树银花，天空是巨型魔法阵，金甲侍卫来回巡逻，凶猛的鲨鱼只在外围游荡，温顺得像只小狗。

凯南走到尽头一个圆形的巨石，开着五个石门，石头宫殿门前的最后一个雕塑竟然是一个龟身的龙。此时，金甲侍卫停下。一位紫袍老者缓缓走出，看到凯南，露出难以置信的表情。

"这就是你所说的龙皇子？"紫袍老者带着些怀疑的语气质问塔姆。塔姆低着头不敢作声，但是还是偷眼瞧到了紫袍老者脸上转瞬即逝的惊喜之情。

"小人知错，不该听信他的一面之词。"塔姆立刻知道怎么回答，"小人这就带他出去。"塔姆说着就要带凯南出去。

"不用了，冒充皇族死罪一条，我自会处理。"紫袍老者将塔姆喝退。

"龙爷爷？"整座宫殿只剩下眼前的紫袍老者和凯南两个人，凯南一路上听侍卫长塔姆称呼眼前的人为龙王，就试探性地询问。

"拜见太子！"紫袍老者说着对凯南就要行礼。

"你不是龙爷爷？"凯南十分吃惊，往后退了两步，跟紫袍老者保持一定距离。

"你说的应该是我的兄长，他是东海之主。"紫袍老者看着凯南回答道，"你身体里的龙族血脉如此纯正应该错不了。"

"你是西海龙王？"凯南在通天塔听龙王和兔儿爷吵架的时候似乎提到东海龙王有个弟弟，被以权谋私提到西海龙王的位置，而且还引起了其他两个龙王的不满。

"不错，你也知道，东海现在是多事之秋。我不得不暂管东海的事务。"紫袍老者向凯南解释道。

"呃，可是我真的不是你所说的龙太子，我只是跟龙爷爷有些许渊源。"凯南知道西海龙王一定误会了自己。

"嗯，我明白，这个时候不应该暴露身份。"西海龙王赞许地看着凯南。

"我……我真的不是……我其实是想知道……黑巫师他……"凯南不知道该怎么解释。

"嘘。"听到凯南提到黑巫师，西海龙王赶紧向凯南做了嘘声的手势，"好，好，既然你都知道，那我也就不说什么了，但是你现在实力太弱小，你先在龙宫提升自己的实力。等到时机成熟，我就将东海的事务交给你。"说着西海龙王四处观望了一下，就将凯南推到边上的一个宫殿中去。

"这里灵气充沛，每天会有专门的老师来指导你修行。"西海龙王十分关切地说，"你先安心待着，时机成熟，你一定能够统领东海，带着东海重新走向辉煌。"说着西海龙王像是做贼似的赶紧从屋子中退了出去。只留下一脸茫然的凯南，自始至终凯南都不知道西海龙王到底在说什么，而西海龙王似乎也误会了凯南的意思。但是两人竟然在互相不知道对方说什么的情况下达成了某种共识，郁闷的凯南想要出去，但是门口已经被金甲侍卫戒严了，凯南只得老老实实待在宫殿中，等待着西海龙王所说的时机成熟。

凯南进去龙宫几天了，毫无音讯。皮皮和小伙伴们都急坏了，屡次上前向门口一脸愁苦的侍卫打听消息的希尔又一次毫无收获。如果不是慑于金甲侍卫的武力，希尔早就杀进去了。正在气头上的希尔看到不远处的塔姆过来，但是看起来鬼鬼祟祟的。

"喂，塔姆兄弟！"希尔大声的呼喊让塔姆吓了一跳，"你怎么看起来魂不守舍的，是不是做了什么亏心事啊？"希尔看着心不在焉的塔姆打趣道。

"啊，没，没有。"塔姆似乎很紧张，"我只是上次受的伤还没好，还没好。"塔姆赶紧向希尔解释，旁边的皮皮看着塔姆似乎哪里不对劲，但是也不好说什么。

"凯南到底怎么样了？"皮皮问塔姆，"为什么好几天都没有消息？"

"应该很明显的，他的龙族血脉我一个外族人都能感觉到。"努努也开口说。

"呃，他，他，龙王说他是冒充的已经被处死了……"

塔姆结结巴巴地说。

"什么！你再说一遍！！"希尔冲上去抓住塔姆的脖子。

"不关我的事，是龙王他老人家说的。"塔姆赶紧求饶，这和当时皮皮所看到的不屈不挠的塔姆似乎不太符合。

"龙王？他老人家五百年前就消失了！怎么会在这儿？"皮皮接着逼问塔姆。

"老龙王的弟弟，他暂时管理东海。"塔姆只能老实回答，"其他的我真的不知道，你们去问龙王吧。"

"塔姆。你看着我的眼睛。"皮皮感觉眼前的塔姆十分可疑，但是又说不出到底哪里不对劲。塔姆眼睛看着皮皮但是眼神十分闪躲。"东海已经到了这个地步，每天都有人牺牲！这些人都是你的兄弟姐妹，今天是他，说不定明天就是你！"

"我知道，我知道。"塔姆始终不敢正视皮皮，"但是我现在真的无法帮你，现在真的不行。现在，不行。"塔姆不断在强调这两个字。皮皮看了看四周来来往往的侍卫，似乎听懂了塔姆的暗示。将塔姆放开。

"我们的晚餐不好吃。"皮皮随意地说，"不知道晚上能不能帮我们改善下伙食啊？"

"好的，好的。今晚就改善，今晚就改善。"塔姆信誓旦旦地说。

"我觉得晚餐还好啊……"努努十分不解地看着远去的塔姆低语道。

"晚上你就知道了。"

深居龙宫的凯南发现所谓的试炼根本毫无作用，还不及曾经在孤岛上两位师傅对自己的训练，而自己想要出去也被拦住，要见西海龙王也见不到。

"我不会是被软禁在这儿了吧？"凯南自言自语道，"我要想办法出去。"

凯南刚打开屋门，门口的侍卫就一拥而上。

"不知凯南大人要干什么？"一个侍卫恭恭敬敬地问。

"我要吃东西。"凯南随意回答。但是这边话音刚落，另一个侍卫已经捧着好几盘点心送了上来。

"我有点儿渴了。"凯南刚换个说法，就有一个侍卫捧着两瓶珍品饮料送了过来。

"我说我想上厕所啊！"凯南十分生气地说。话音刚落，第三个侍卫托着一个夜壶走了过来。

"我……还有什么东西你们找不到的吗？"凯南几乎崩溃了。

"只要龙宫有的东西，应该都能找到，请您吩咐吧。"

"请您吩咐！"几个侍卫一同向凯南鞠躬，并大声喊着。

"我要见龙王啊！"凯南已经近乎咆哮。

"不好意思，陛下出去了，过几天才回。您还有什么要求？"侍卫们又一起鞠躬询问凯南。

"啪！"凯南关上了门，他看着自己所能活动的空间只有这一间屋子，不禁悲从中来，但凯南也发现，门口的侍卫似乎越来越少了。也许晚上趁他们睡着可以溜出去。

晚上火山门口，塔姆如约而至。

"皮皮先生，您要的晚餐来了。"塔姆将手中的盒子交给皮皮之后就迅速地离开了。皮皮打开箱子，果然里面没有吃的，但是却有一道令牌，皮皮见过，似乎那个大火山都需要这个令牌才能自由出入。

"这个塔姆肯定有问题，虽然鬼鬼祟祟但是还好能够守信。"皮皮拿着令牌对小伙伴们说。

"今晚游览龙宫？"希尔看着令牌略带兴奋地说。

"游龙宫！"皮皮看了看水晶球，果然闪着绿色的光芒，于是坚定地说。

与此同时，被囚禁在龙宫里面的凯南再一次出门。门口的侍卫果然又围了上来，数量确实比白天的少了。还不等侍卫们开口。凯南随意指挥眼前的侍卫出去，只有一个侍卫无论如何怎么都不离开。

"你去帮我找找龙王吧，问问他什么时候回来，催催他。"凯南随意说。

"不行，龙王有令，必须有人要时刻盯着您。"侍卫眼睛尽管已经布满血丝还是坚定地回答。

"好吧，那你看后面是谁？"侍卫刚一转头，就被凯南一拳打晕了过去。凯南趁机赶紧溜出自己所在的那个宫殿，但是凯南对龙宫又不熟悉。不知道自己该去哪儿，心想随便了，反正自己没有真正游览过龙宫，今天就当游览龙宫了。于是凯南信步而走，不一会儿到达了最偏远的一个小屋子，但是屋子上的门锁着好几个锁，并且贴着封条。

"有古怪，越是不让人进的地方，我越是要进去。"凯南心想着就去撬眼前的锁，但是用了半天劲就是打不开。这时候，龙宫内传来一阵嘈杂的脚步声，凯南觉得不妙，自己跑出来的事儿被发现了。于是就赶紧躲藏在一边的珊瑚后面。脚步声距离自己越来越近，但是却不是金甲侍卫在寻找自己，而是一群人数不多的黑衣人也在躲避金甲侍卫，黑衣人走到了绝路，四处观察发现无处可躲，只有一个巨大的珊瑚可以暂时藏身，躲在珊瑚后面的凯南，看着黑衣人越走越近，但是自己又无处可去，眼见就要被发现了，两个金甲侍卫突然出现。

"大半夜的，想偷个懒都不行。"

"走吧，还是老老实实地看门吧。"两个金甲侍卫一边说一边向这个偏远的小屋子走来，黑衣人一看被发现了，而人数又不是很多，于是就放弃了躲藏在珊瑚后面而是选择了埋伏在屋子旁边只等两个倒霉的金甲侍卫一到屋子这儿就判处他们的死刑。

而此时两个金甲侍卫还毫不知情，一边有说有笑地走一边打着哈欠。

"动手！"为首的黑衣人一声令下，五六个黑衣人群起而攻之，两个金甲侍卫一个还没来得及反应就倒地不起，其中有个黑衣人身手虽然十分敏捷，但是对其中一个金甲侍卫下手的时候犹豫了一下，金甲侍卫反应过来立刻向小屋子门前躲去，为首的黑衣人一脚将金甲侍卫踢飞，金甲侍卫气都没喘一声就飞向了小屋，将屋子的门砸开了。躲在珊瑚后面的凯南静静地看着这一切，凯南顺着开了的门朝小屋子望去，让凯南震惊的事发生了，小屋子正中间竟然摆放的就是安妮的身体！

"啪！"由于紧张，慌了神的凯南将珊瑚上一个装饰的夜明珠不小心碰掉了，一声清脆的响声，迅速吸引了黑衣人的注意。

"大家都是偷偷来的。也算是自己人，不要互相为难吧。"凯南看着一群气势汹汹来者不善的黑衣人都朝着自己走来，于是讪笑着说。

"嗯？是他么？"黑衣人首领问刚才迟疑的那个黑衣人，

半天身后的黑衣人才缓缓点了点头。

"哈哈，真是踏破铁鞋无觅处，得来全不费功夫啊，兄弟们，杀了他！"为首的黑衣人一声令下，五六个黑衣人已经将凯南围住将要群起而攻之。

这时候，同样是第一次游览龙宫的皮皮等人也迷了路。一路上还得不断地躲避大量金甲侍卫的巡逻，还好有安妮在水晶球中的不断指引才躲过一拨又一拨的巡逻侍卫。

"想杀我？"凯南眼前的黑衣人一个个面带杀气，知道此事绝不能善终。只好将自己的龙族血脉完全释放出来，先用手释放出自己的一个最强魔法。

"火焰巨龙！"一个火焰巨龙从凯南火红的龙龟尾巴汹涌而出，直接将冲在最前面的黑衣人击倒在地，后面的黑衣人全都倒退许多步。

"不愧是龙皇子，果然厉害。"黑衣人说着从怀中掏出一颗漆黑的珠子，散发着令人恐怖的气息，凯南已经察觉到了眼前这个暗器的恐怖之处，于是向后退了几步准备躲避。

"能死在这个天下无双的暗器中也对得起你龙皇子的身份了。"说着黑衣人毫不留情地将手中的暗器甩了出来，凯南瞬间发出了一个"火焰巨龙"想要将飞来的暗器抵消掉，但是汹涌而出的火焰巨龙碰到那个暗器似乎一下被吸收进去，马上消失不见了。凯南大吃一惊，赶紧躲避，黑色珠子就像是长了眼睛一般，跟随着凯南的步伐飞过去，眼见就要击中凯南，凯南见已经躲无可躲，避无可避，于是闭上了眼睛准备硬扛。黑衣人首领看到眼前一幕发出一声冷笑。

"嘭！"一声闷响。令黑衣人惊讶的声音响起，凯南睁开了眼睛，却发现自己毫发无伤，眼前却有一个老者已经倒在了血泊中，凯南这才发现眼前的老者竟然就是将自己软禁许多天的西海龙王。

"东海交给你了，龙皇子，我替大哥看守了五百年，也算对得起他了。"西海龙王看着凯南眼含泪水，"可惜我无能，西海和东海在我手里慢慢衰败了。作为长辈，我只能保护你这一次了。答应我，保护好自己。一定要让东海兴盛啊。"凯南看着怀里已经垂危的老者，临死之前还在对自己不断叮嘱，凯南的泪水已经不受控制地滑落下来，看着不断虚化的西海龙王，凯南用力点了点头。

"这边有响动！有刺客！"远处的喊声此起彼伏。

"怎么办？"黑衣人手下慌乱地问着眼前的首领。

"来得及，就算全军覆没也要解决他！"说着黑衣人首领又发动了攻击。

"泡泡爆炸！"

"狂暴之力！"

"冰柱突刺！"

　　黑衣人首领还没有到达凯南面前，已经遭受到来自不同方向的魔法攻击，黑衣人首领看着及时赶到的皮皮等人，又看看眼睛已经冒出仇恨之火的凯南，咬了咬牙大喊一声："撤！"黑衣人迅速撤退，只有一个黑衣人稍微有些迟疑，但还是跟随黑衣人首领逃走了。

　　"快看！安妮的身体！"希尔一眼就看到在小屋子中间的安妮，皮皮和努努顺着希尔的声音看去，十分惊喜，皮皮将手中的水晶球轻轻放到安妮的身体旁边，一道白光闪过，静静在床上躺着的安妮眼睛动了动，随后睁开了眼，欢快地从床上蹦下来。

　　这时候，远处的金甲侍卫的脚步声越来越近了。

　　"我们快走吧！要不然一会儿又要说不清了。"希尔看着附近狼藉一片，还有一个倒地不起的老者赶紧说。

　　"等等吧。"皮皮看见凯南的眼眶中还有泪水在打转，知道凯南一定有事儿发生。

　　"不如我们留下处理完龙宫的事儿再走吧。"安妮会读心术，一眼就看出了凯南心中在想什么，"何况我们不是答应过龙爷爷么？"安妮对小伙伴们说。

　　"同意！"希尔和努努大声回应。

　　"而且安妮的身体在这儿找到，说不定龙宫跟黑巫师也脱不了干系！"皮皮说。

"谢谢。谢谢你们。"凯南看着皮皮、希尔、努努和刚刚复原的安妮，眼中饱含着泪水，十分感激地说。

"先不要说这个啦，凯南。"安妮俏皮地说，"先想想怎么把这些金甲侍卫糊弄过去再说。"说着皮皮等人又被龙宫的金甲侍卫包围了。

皮皮五个人反正已经被发现了，不再顾忌什么。各自施展魔法技能，在安妮的帮助下，三下五除二解决了又包围上来的金甲侍卫，迅速逃了出去。

就这样成功救出安妮的小伙伴们，再一次为了凯南而选择暂时留在龙宫，在一切充满未知的冒险途中，不知道还有多少危险等着他们，但是这几个小伙伴永远都会勇敢面对。